幸福的彩练

栗俊青 著

山西出版传媒集团
山西经济出版社

图书在版编目（CIP）数据

幸福的彩练 / 栗俊青著. — 太原：山西经济出版社，2021.12

ISBN 978-7-5577-0946-4

Ⅰ.①幸… Ⅱ.①栗… Ⅲ.①诗集–中国–当代 Ⅳ.① I227

中国版本图书馆 CIP 数据核字（2021）第 268668 号

幸福的彩练

著　　　者：	栗俊青
选题策划：	吕应征
责任编辑：	司　元
助理责编：	赵宝亮
装帧设计：	赵　娜

出 版 者：	山西出版传媒集团·山西经济出版社
地　　址：	太原市建设南路 21 号
邮　　编：	030012
电　　话：	0351-4922133（市场部）
	0351-4922085（总编室）
E – mail：	scb@sxjjcb.com（市场部）
	zbs@sxjjcb.com（总编室）
网　　址：	www.sxjjcb.com

经 销 者：	山西出版传媒集团·山西经济出版社
承 印 者：	山西润金容印业有限公司

开　　本：	880mm×1230mm　1/32
印　　张：	8.75
字　　数：	208 千字
版　　次：	2022 年 1 月　第 1 版
印　　次：	2022 年 1 月　第 1 次印刷
书　　号：	ISBN 978-7-5577-0946-4
定　　价：	58.00 元

自序

几年前,我开始尝试用写诗的方式,记录自己的人生,时有悲欣。诗成一首,常常问自己,我还敢不敢向前走?因为在诗歌创作方面,我始终认为自己尚在学习阶段,精品力作非常有限,好在我一直坚守初心,用简单的文字记录自己的新追求和新探索。

感恩生活,感恩亲人,感恩铁路。在诗集出版之际,我的心情是兴奋而又复杂的。兴奋的是自己多年耕耘终有收获,担忧的是自己能力有限,不能用手中的笔完美地记录生活中的点滴,更不能令前辈和诗友及众读者满意,无论如何,我会更加努力。

眼前有光,胸中有梦,前路有爱,在诗歌的世界里愿我成为一个追逐彩虹的孩子。

目录

行路吟	/ 1
致我的铁路兄弟	/ 4
大秦 我的大秦	/ 7
福在大西	/ 11
大西高铁体验记	/ 13
长长的站台	/ 17
抒怀五月	/ 18
钢轨	/ 20
铁路的颜色	/ 21
小站	/ 22
万重山	/ 23
端午	/ 24
味	/ 25
遥望2018年的春天	/ 26
姐姐	/ 29
瘦病	/ 31
宴	/ 33
一页	/ 35
冬至	/ 36
消失的炊烟	/ 37

诗歌在上	/ 38
精神出轨	/ 40
茶壶	/ 42
奔腾的浪花	/ 43
小寒	/ 44
公祭日	/ 45
大河	/ 47
枫红	/ 49
夜读红楼梦	/ 50
清明	/ 51
冬之趣	/ 52
投降	/ 53
惊蛰	/ 54
二妞	/ 55
风是空心的	/ 56
雁门关	/ 57
望乡	/ 59
我只想坐到灯光里去	/ 60
果香	/ 61
雾霾	/ 62
无弦的和声	/ 64
酒歌	/ 65
月光谣	/ 66
故居	/ 68
花语	/ 70
雪	/ 71

秋分	/ 72
明天	/ 73
暮春	/ 74
雨丝细细	/ 75
给我安静的角落	/ 76
缓慢书	/ 77
草	/ 78
乡愁	/ 79
梨花	/ 81
不期而遇	/ 83
礼物	/ 84
在意	/ 85
虚掩之门	/ 86
把你捧在手心	/ 87
灵石 我愿依你而居	/ 89
听泉	/ 92
人间微醉	/ 93
野鸭子	/ 94
一个人的海啸	/ 95
思与诗	/ 96
理解	/ 97
晚秋	/ 98
指尖沙	/ 99
在雨中穿行	/ 100
遍地落叶霞满天	/ 101
献诗	/ 102

虚构一面湖水	/ 103
浮云	/ 104
错过成为永恒	/ 105
冬夜不冷的相逢	/ 106
半夜时分	/ 107
恍惚	/ 109
给你	/ 110
门	/ 111
丢失的岁月	/ 112
聚会	/ 113
五月	/ 114
蝴蝶兰	/ 115
夜行记	/ 116
行走在岁月的小巷	/ 117
期待	/ 118
见诗如面	/ 119
在冬天	/ 120
遗忘	/ 121
唱衰	/ 123
十月	/ 124
忙碌	/ 125
九月微诗（一组）	/ 127
一粒微尘	/ 128
大家	/ 129
认识自己	/ 130
寻梦	/ 131

回望	/ 132
与秋牵手	/ 133
约定	/ 134
行走在时光上游	/ 135
七夕情	/ 136
前方的路	/ 137
探亲	/ 138
无语	/ 139
我和我诗	/ 140
幸福眼泪	/ 142
独白	/ 144
点菜	/ 146
秋雨外两首	/ 147
雨滴	/ 149
秋,推门而入像一个故人	/ 150
回忆	/ 151
月光	/ 152
等我	/ 153
秋事	/ 154
榜上有名	/ 155
命运	/ 156
劳动节	/ 157
清明祭	/ 158
飘落的山桃花	/ 159
诗	/ 160
寒露已过	/ 161

瓶颈	/ 163
哦，刘海	/ 164
放飞	/ 165
飞扬	/ 166
痴	/ 167
路过人间	/ 168
假如	/ 170
望月	/ 171
黑夜	/ 172
你近	/ 173
存在	/ 174
翻书	/ 175
静	/ 176
梦到儿时	/ 177
九条命	/ 178
珍惜	/ 182
老照片	/ 184
梨花	/ 185
书斋	/ 186
年	/ 187
白玫瑰与红玫瑰	/ 188
吾手写吾心	/ 189
高	/ 190
眼睛	/ 191
听风	/ 192
爱情递进式	/ 193

思念	/ 196
一棵山楂树的故事	/ 198
一盏灯	/ 199
我为卿狂	/ 200
难言	/ 201
畜生	/ 202
无奈	/ 203
乡音	/ 204
茶	/ 205
生活	/ 206
囚徒	/ 207
流年	/ 208
粽情五月	/ 209
修行	/ 212
小雪	/ 213
相约冬天	/ 214
醉	/ 215
淡	/ 216
鹊巢	/ 217
生活	/ 218
掌声	/ 219
魂	/ 220
孤独	/ 221
床	/ 222
信	/ 223
春到人间	/ 224

丑桔	/ 225
不信青春唤不回	/ 226
灶台	/ 227
三月蝴蝶	/ 228
恋	/ 229
立秋	/ 230
穿墙术	/ 231
雨	/ 232
树	/ 233
我的孩子	/ 234
在路上	/ 236
飞絮	/ 237
母亲	/ 238
缘	/ 239
儿童节有感	/ 240
思念	/ 241
今年春好短	/ 243
春风走过阡陌	/ 244
童年	/ 245
我和我的影子	/ 246
长夜	/ 248
微诗三首	/ 250
写在父亲节	/ 251
香客	/ 253
绝情马	/ 254
萤火虫	/ 255

微尘	/ 256
空旷	/ 257
七夕情	/ 258
述事	/ 259
伤	/ 260
在沁源	/ 261
我的山水只有一种颜色	/ 263
寒露	/ 264
清秋谣	/ 265
当我爱你	/ 266
秋韵	/ 267
五月	/ 268

行路吟
（纪念改革开放四十周年之中国高铁）

听见鸟鸣，便想起凤凰
看见流水，便想起海洋
梦见明月，便举起酒樽
拂过清风，便折下春柳

我，深情回望
一茬一茬白发成霜
一程一程光阴如梭
李白说：欲渡黄河冰塞川
将登太行雪满山
苏轼说：人生如逆旅
我亦是行人
李义山说：路到层峰断
门依老树开
夜晚，我打开每扇窗
眼里装满星光

我是天地游侠
清晨笑谈瀛洲
黄昏醉饮庐州
我还想在午间的闲暇
阅尽长安街的繁华

幸福的彩练

沿路风光旖旎
藏羚羊入画
极地雪入画
丝绸路上的驼铃曾唤醒沉睡的黎明
画外,你可以闭眼聆听
净心,入定
纷纷扰扰的尘世
片片落叶终于归根
鸿羽轻触转动的经筒

昨日　今朝　明日
每一寸目光都会望向高处
指向远处
向南　向北　向东　向西
每一寸目光将清澈如水
我怎么能按捺住一颗儿童般鱼跃的心
在纵横交错的路网中欢呼,慨叹

我想起早已沉睡的老祖母
我用一双手抚摸照片中那张安详的脸
十年前,我曾许她
双脚不沾泥
在霞光里云游海角天涯
十年后的我
肋下生出双翼
在天尽头

翩若惊鸿　婉若游龙

我一定是祖母眼里的仙女儿

天上的彩虹做了我的披巾

美若夏花

余生

请让我访遍万水千山

古往鸿儒和今来名士

都所见略同

美哉千秋，壮哉中华

不弹琵琶曲

不举夜光杯

一首首由近及远　由远及近的铿锵之声从心底流出，

再向天际涌动

请让我们相互击掌

再踏歌而行

致我的铁路兄弟

我和你一样
出生在铁路世家
听着火车声长大

我以微小融入世界之大
我以坚韧丈量目光之远
我只愿和祝福挽手
给母亲会心的微笑
给孩子温暖的怀抱
夜幕来临　星光灿烂
我还在和一个风尘仆仆的旅客
默默道别

我有力宽大的手掌
摸过铁轨　摸过铁钉
在寒风中
在烈日下
一次次淬炼锤打
我有铁的意志
凡人的躯干

我顾盼生姿的眼睛
见过分离　见过团聚

也见过人间最美的景色
疾风穿云般的火车
在每一个黄昏
是飞起来的彩虹

每一个繁忙的日子
我挥汗如雨
每一个团圆的日子
我衷心祈愿
当我身着海蓝色的衣裳
我的爱就变成海
不
比海还要广一些　深一些
当我头顶路徽的时候
我的情就变成山
不
比山还要高一些

我将笑容还给春天
和期盼春天来临的人们
我将眼泪藏在身后
也将软弱藏在身后

我的铁路兄弟
我只愿和你站在一起
在每一颗道钉旁列队

以勇于担当的名义
不离不弃　终生相依

五月　繁花竞放
我也想在这最好的季节里
把自己开成其中硕红一朵
就别在你的胸前
起名曰　光荣花

大秦 我的大秦

我静静屏住呼吸
在一个幸福的时刻品尝幸福
4.05亿吨
世界载重史上的
又一次超越和飞腾
在这一刻
我闻到了汗水的芬芳
我看到了眼泪在纵情流淌

大秦 我的大秦
我在你的肩上游弋
石子逐渐变成勋章
不是别在衣领
而是额头
我们相互凝望

653公里
和古老的泥土一起
刻成印章
每一寸都有花香
韩家岭 柳村南
车轮滚过
车轮拨动日月的琴弦

我闭上双眼

一列列火车在奔跑
在春天奔跑
在夏天奔跑
在秋天奔跑
在冬天奔跑
在争分夺秒地奔跑
车轮变成升天的羽翼
经典的微笑
传奇的微笑
在风中　在雨中
在霞光中　在春雷中

桑干河生动和曲折
男人的性格
女人的情怀
将岁月静静走过
绵绵不绝的愿望
金光闪闪
像烧红的铁一样发光

眼前的燕山
侧着耳朵
有人在低语
有人在高歌

黑色的河流
昼夜穿梭
在时空的隧道
一闪而过
火在燃烧
火在胸膛如花绽放

速度速度还是速度
如风如电如光
不想要瞬间的风流
前进前进前进
从不退缩　一如既往
难得有这样的胸襟
浸着汗渍的大手
就这样握着

月亮的升落
太阳的升落
远远赶不上数字的升落
白生生的牙齿咬着
攥紧的拳头
捶打在自己的头上
母亲的重量
孩子的重量
还是赶不上这重量的重量

舒展的眉头

和大秦的 653 千米

纵横　交错

白色　绿色　红色　蓝色

都被染成铁的颜色

只有铁才会奏出这样的音乐

小草听得懂　小鸟听得懂

寂寞听得懂　幸福听得懂

只有铁一样的性格

才会有这样的坚守

信念的坚守

奉献的坚守

四季的坚守

一生的坚守

我的愿望有根

躺在大秦的怀里

心却向着太阳

福在大西

舞在山川与河流
舞在城市与乡村
舞在喧嚣与沉寂
舞在聚首与别离
这是幸福的彩练

钢轨的这头
记着故乡依依不舍的双眸
钢轨的那头
记着异乡痴痴不移的守候

桥隧涵洞阅尽繁华锦绣
列车钢轨握紧如意吉祥
又是一年幸福的铺陈延续
又是一年欢乐的放纵奔流

速度和脉搏同频共振
思念不再遥不可及
恋人在照片里
从梦里到现在
顷刻间
从天边飞到眼前

手机和手机贴首耳语
距离变成奢侈的回忆
游子的心湖里
从异乡到故乡
总是盛满了
父亲端起的那杯美酒

白发和童颜跃然纸上
衣袖里藏着挂牵的小手
孩子的酒窝里
从左边到右边
乳香的甜蜜
在祖母的嘴角芬芳

福在大西
车轮在云朵之外飞翔
车轮在幸福之巅飞翔
平安在平安之旅相随
团圆在月圆之夜抵达
多情的万家灯火
总能看见你
洗去一路风尘
笑靥如花

大西高铁体验记

朝阳下
一只巨型的丹顶鹤
驮着六百三十一个人
从汾水之滨起飞
它白色的羽毛
如绸缎般光滑
温和的气流
如母亲的鼻息
拂过脸颊

振翅飞翔吧
沾着潮湿的露水
一切美景尽收眼底
翠绿的草甸
金黄的麦穗
村落的炊烟
小桥的流水
拂过杨柳的风
吹不醒甜甜的梦

五百六十七公里的路程
是曾经日行八十的铁骑
星夜兼程

五百六十七公里的路程
是而今三小时的逍遥
神清气定

经过盆地　山地　平原
河川和湿地
在一十八个停泊的驿站
抖落风尘

它黑色的眼睛
分明看到了
吹着短笛
横在牛背的牧童

只不过
一袋烟的工夫
换成另一个身影
从大唐天子的眼前飘忽而过
鬓插芙蓉花
怀抱青瓷酒
喊着
使我醉饱无归心
伸手不可触
船已过江心

渭水之畔

何人低吟
童颜皓首
直钩独钓
鹤鸣于万里晴空
河中鱼儿侧耳聆听
这天籁之音

转瞬间
恰似三千年的画卷
雕梁画柱
天上人间
九百五十亩的乐园
翘楚华北
气势恢宏
任谁指点
这巨型的丹顶鹤
在这里
轻轻梳理着羽毛

等待日落
八节清秀的骨骼
被夕阳涂抹成
一片金色
明天它将重新启程
阅繁华无数
龙城雄姿

控带山河
雄踞天下之肩
思古往今来
长城万里
揽怀日月
福造大江南北

长长的站台

火车与铁轨的撞击和脉搏同频
长长的站台
在每一个节日里
和故乡的思念
一起拥抱他乡的风尘
明天
远行的脚步
再次亲吻你
长长的站台
多少人穷尽一生
无数次丈量
生命的长度
他乡的归程

抒怀五月

我相信人间最美的歌声
便在五月的此刻
如此富有深意
让人如痴如醉

我走过的路还有祖辈留下的浅浅痕迹
他们路过的鲜花带着芳香和祝福
正悄然绽放

所有热辣辣的目光
都看到一条神奇的铁路
变成耀眼的彩虹
在晋北高原横空出世
跃然飞起

每一颗道钉　每一寸钢轨
都在找准自己的位置
车轮和钢铁碰撞一次
快乐和幸福的乐章就响起一次

韩家岭和原平
一座古老的城和一座古朴的岭
今天庄严握手

春风吹过153公里的铁路线
向过往的人们盛情发出请柬

请那些可爱的人们闪亮登场
蓝色的制服让他们仪态万方
金色的路徽让他们惊艳四方
他们说过的每一句话
都是一首打动人心的颂歌

从今天开始　大秦铁路将再添一翼
晋陕乌金川流入海又辟新途
每一颗忠诚的心啊都背负使命
在经过每一个车站　他们都将暗自立下军令状

从韩家岭　怀仁　应县　山阴　下官院　薛孤
直到原平
每一次起程都如同八百里加急
每一个光荣的铁路人
都是身经百战的飞将军

青山遮不住那些日夜兼程的身影
梦想比远方更远
幸福比道路更长
美好的事物总是被一再提起
我情不自禁地俯下身来
大地正由远及近又由近及远
一再欢歌

钢轨

从紧紧嵌在土壤那一刻起
我就暗藏誓言
我将与每个美好瞬间并肩而行

我努力扩充自己的领地
跨过黄河　跨过平原
跨过冻土　跨过湿地
跨过欧亚大陆
跨过丝绸之路

我只愿　身上承载的生命如意安康
我只愿　身上承载的货物完好无损

我在横渡的水面长出有情眼
看鸥鹭在长江嬉戏
我在飞翔的歌里长出多情的翅膀
看胡杨在风中摇曳

我与麋鹿　藏羚羊为邻为友
我与星辰　日月相惜相怜

我将自己变成登天的梯
平放在人间
顺着梯子一路走
人间就变成天堂

铁路的颜色

我喜欢蓝色的海
一望无际　与天相接

我也喜欢那些
穿着海蓝色制服的铁路人
他们在人海里
如浪花朵朵

太阳下　我想对着大海
喊声爱　让自己听见
也让浪花听见
海潮来时
光阴退后一点点
夜色近了一点点

我和每朵浪花相拥的时候
汗水和眼泪相濡以沫
浸染成铁路的颜色

小站

小站一言不发
群山肃穆

每一列火车呼啸而过时
铁路人一次次向它行礼

站房边的一棵垂柳
挺拔腰姿
此刻　它成了战场上
正在检阅的将军

万重山

不管多高多远的山
我们都要爬上去
在尘世里
随着你手指的方向
哪怕我蜗在山脚下
都会看到天上那轮最圆的月

端午

这一天真是个例外
一万条河里
都在庆幸一张面孔沉冤

昭雪时花开若现
化作五彩虹
慰你我之心

喝着雄黄酒
忆,最好的诗歌
再醉一回

味

老妻走时
他怀揣一张
两人成婚时的照片

他走时
将那张攥在手里的照片
含泪吞下
带走了一对老夫妻
留在人间的最后一丝味道

遥望2018年的春天

与夏日的醺暖
只不过隔了一个季节
2017年的月光
最后一次在寒夜
轻抚即将返青的原石
同我一样,明日
将忐忐忑忑奔赴春天

不敢回望
我将过往的日子
驯服得如此慵懒
醉在一杯清茶
陪伴的无数个黄昏
竟忘了放眼远山
放眼梦中江南
人到中年
渐生的华发
成了心中一次次羁绊

不敢拥镜自顾
锁起的美好瞬间
我不想还回
还记得画好的眉黛

慢慢被擦去的痕迹
我也怕一次次迟疑
被人莫名察觉

满屋的冬青
不曾有花开
如果还来得及
今晚，我将彻夜不眠
绣好无数个牡丹
然后　让它们开在叶子中间
这样，我将春色早早搬到人间

在未来的365个日夜里
星空高远　山河壮美
我会攒足微笑
触手可及
也许蝴蝶将在春天的苔藓上微微停留
我也将翘首探望
如果可以

我会将一朵紫丁香戴在发间
我知道
自己是个善于改正错误的女人
我也一定会给每一个日子
涂满油彩
我知道

心底流淌出来的诗歌
就在春天开始
还在原地等我

姐姐

从小,我就觉得姐姐特傻
她只会灰头土脸烧火烧饭
做家务
她也从不多言多语
老少都喊她"呆子"

姐姐出嫁时更傻
她不知道
自己穿着红嫁衣多美,只穿了一天
她就一夜没睡
改小了,留给我

我出嫁时
她的傻一点儿没变
我穿着光鲜的衣服出门
她却躲在门后

如今,姐姐刚刚五十出头
可别人都说
她看起来和娘一样老
我买了化妆品给她
她却说:
我不怕老,你把钱攒着别乱花

我的亲姐姐她真傻

那天
姐姐坐在我的身边不说一句话
偷偷看着我一个人傻笑
我回头时
她又低下头
娘也常常这样看我
那会儿
我真的想叫姐姐一声娘
和娘一样的亲娘

瘦病

什么时候
能变成一片羽毛浮在你的掌心
不为跳舞
也不为飞翔
只为看到你怜惜的目光
游丝软系
随你走向远方

我一直都愿意活成一竿瘦竹
在草堂前风来沙沙作响

我也一直愿意薄成一段秋霜
疏影横斜
落下一段白
或者那也是一层清辉
衣带渐宽
诗意阑珊

如果
你不介意
我也可以成为一粒尘埃
比凤羽还轻
睡在你的案几

或者床头
甚至
在你若隐若动的睫毛上
也有我的一席之地

这样
我们不过只有
一粒尘埃的距离
我甚至
还奢望
活成你

然后
我将每个日子
浓缩成一缕花香

宴

一生中有两次盛大的宴
自己都是主角
一次自己哭
一次别人哭

前一次，自己哭时
别人喝着酒
编织我最美丽的故事
后一次，别人哭时
为我斟满酒
总结我最悲伤的故事

在别人喝酒时
我藏在故事的背后
看着他们一杯酒告天
一杯酒入土

从一开始入宴
就定了死契
我用一生的长情
偿还前世的姻缘
酒是
最好的证人

最好春宴时来
那时花开
最好冬天离开
那时
时光才能冻僵我
依依不舍的心
哄我半醉半醒间离宴
我眼角不经意的一滴泪落在凡尘
与他们会合
开出一朵朵白花
别在他们的胸前

一页

我宁愿一生为奴
为人间万古诗意
变成春的桃粉李白
虔心修为

一页一页轻轻翻过
都成了梵语和经书
我宁愿托着金钵
食尽人间烟火颜色

如果还有冰刀
或者霜剑
我也宁愿裸身受过
我也不惧怕血色
那应该是晚霞般绚烂
只有遥远的诗乡啊
让我一次次心驰神往

我宁愿一生为奴
以星星为灯
在佛前诵读
我一次次不愿老去
只为有一双明亮的眼睛
翻到今生那一页时候
在你的身上
把我的目光深深锁住

冬至

以泪试航
夜里，狗吠成了安魂曲
拴住流水，变成缰绳
只在梦里放逐一叶小舟

过了今夜
黑暗会越来越短
天算的运算法则
行程更迭，灯帐长明

星辰逐一坐稳
祭日是复活之始
至冬还阳，九九过后
还会有明媚春色胜过江南
儿时梦已从故乡出发
迫不及待趁着夜色抵达田野
我在静静等待花开的缤纷

消失的炊烟

我在异乡
用夜晚诉说落寞
用炊烟描述故乡

浓浓的烈酒
盛不满一个孩子的哭泣
记忆里的炊烟飘来又飘去

请原谅一个漂泊的游子
我继承了祖先的衣钵
能够带走纯朴和善良
能够带走铁犁和泥土
却带不走那袅袅升起的炊烟
那也是属于我的遗产啊
我不忍想起
怕控制不住自己
这颗奢侈的心
一次次泪落如雨

诗歌在上

苍穹在上,浮尘同你我
各有方向

给我一双隐形的翅膀
我一定学会飞翔

给我一双流泪的眼睛
我一定看破离合

我听过仙人的脚步
舞在月下影零乱
我听过圣人的长叹
歌在秋风茅屋冷
我醉于清泉
我醒于晚菊
我是一心向佛的老人
我是浪迹江湖的剑客

我以酒　茶　甚至于一杯水中投情
我以花　草　甚至于一个梦中放纵

我以无穷的想象
穿越五千年

我也食人间烟火
我亦衷情佳人倾城
在水一方
我亦执念死生契阔
与子成说

我以千年的修行
体会疼痛和悲欢
若干年后
彩陶的文饰也有我的味道
而我
继续在中国的土壤里重生
向我的每一位祖先
俯首
也向遥远的星空
仰望
面对周围无数个和我一样的微尘
我
倾空了自己
以笔为犁
那明亮了五千年的月光
以一层银辉
装饰了我的前程

精神出轨

我怀抱一轮圆月
醉梦洪荒

伏羲在那里
脚印锁住雾
锁住光
霓凰衔五彩石
云里穿梭
属于女娲的快乐
在葡萄园
在菊花园
也在花开的地方生长

打猎　捕鱼
麋鹿和猴子
在山林跳跃
流水的木筏是
最好的房子

从那时起
便有了海带吧
于是，长发被
高高束起

腰里多了件
绿衣

我是盛装的新娘
此生
只能属于你
在夜色的海洋里
我也属于星空
属于大地
只不过
在你黑色的瞳仁里
我破解前世
以不羁的性格
自由飞翔

茶壶

满腹心事
在冬天熏暖的炉火前
倾吐
一杯　一瓯
不是烈酒
胜过烈酒

我只是个女人啊
年轻时
纤手一双
送你唇齿留香
年老时
我温厚的手掌
依旧送你回味悠长

从最开始的炙烤开始
到如今
你已脱胎换骨
沉淀如你
深怀的学养
请容许我
在午夜
携着孤独在你怀里
不止蓄满
长久的沉思
还有幸福的眼泪

奔腾的浪花

我是一粒浮尘
向云问路
向海打听归程

一切虚无
海水咸腥
我尝尽人间凄苦

船的舷板
我伏在上面
又是一个风雨之夜

愿海浪读懂我
少女般的情怀
流波踏雪　温柔以待

小寒

墙角,刀身出鞘
劈开寒流

刀尖舔血
有多少羊要忍住疼

命运不能转换时
连哭都不需要

有些人好像生来就对泪水无动于衷
我唯一能做的就是闭着眼睛
摸着心
战战兢兢一直念陀佛

公祭日

一二一三
每年的这个日子
我的眼睛不忍直视
面前的万朵白花
只有让双耳噙满泪水
听着汽笛一次次呜咽

我的幸福和快乐
属于炎黄　属于中国
在每一个秋日
我和我的孩子们收割稻谷
也收割坚强
我们一次次站成
一排、列队、前进

我刻意在每年的这个时候
触摸身上的旧伤痕
我怕自己醉在暗夜里
更怕自己沉睡
我告诉自己
以疼痛涅槃
然后，把柔弱变成铁变成钢
变成金子

梦想和未来筑就信念
也筑就辉煌
我们挽着臂膀
以子孙的名义
守护母亲的家园

大河

大河已干
河中石头已瘦
荡漾的水草
变成不会飞的蝴蝶

往事
就这样挣扎在逝去的流水间
泥土
慢慢堆积成传说中的荒丘

我只能
永续美丽的回忆
试图在人间留下一汪清泉
那不是寒冷结成的冰
而是我的泪凝成的霜

曾经
以为看到滹沱河
就摸到故乡温湿的脸庞
而今
它日渐干涸
只有记忆
还在两岸的十里稻香中

继续生长

我无数次在梦中
还原童年时的大河
当我以血肉之身匍匐在水中
深藏无尽的忧虑和悲伤
我是流水的女儿啊
油绿绿的水草
当成为一支笔
请立字为凭
让我和我的子孙
紧紧拥抱你
守护你

枫红

想起穿着僧裙的喇嘛
在十月的高山
齐刷刷静坐修行
谢过秋霜
静候落幕

密宗里深藏一切真相
火一样的颜色
欲望点燃
阅尽繁华
又静静熄灭

向夕阳
最后一次告白
在冬天来临之前
走下佛坛
相约来生

夜读红楼梦

青峰埂上的石头
埋下冰雪和寒冷
风吹过的
影子都散了

把自己化成一摊水
谁还记得
抽出来的孤独
是一种传染病

风月场里，冷眼凝霜
梦后，一切事物都清醒过来
用颤抖之心
将山川一一抚过

笑和哭暂时停止
呈在我面前的片段
用手铺平，用心缝合
命运轻若鸿毛
还在人群里仔细找寻匆匆而过的宿主

清明

这一天,他们都是爱花之人
他们的身边都是花
菊花,百合,还有星星草

绢做的,纸扎的也竞相开放
有的还要攀到碑顶上
好像离别太久的孩子
环抱着母亲的胸膛

每瓣花都被泪水洗过
我们好像都成了惜花人

冬之趣

幼时，站在冰层
西风注视着
将欢乐和笑声冬藏
年岁渐长时
取出来，慢慢品尝

投降

无法阻止一条河的流向
也无法阻止黑夜的到来
但我可以
用一颗苍茫的心
与思想握手言和

惊蛰

山睡醒
又开始着绿
云朵比少女还要害羞
黄昏未到便烧红脸

雷声憋出两嗓子
和声唢呐
震落杏花雨

星星掌灯
梦里,牧羊人选好了最俊的新娘
他一边微笑,一边哭泣

二妞

小时候
我是娘的二妞
长大了
当我去了城里的时候
我便成了
全村人的二妞

风是空心的

留不住最后一粒谷糠
鸟雀们呢?

风,继续吹
一座座山卧听

我们看不见
有许多碎了的影子
正拼凑着圆满人间

雁门关

雁门是天下的雁门
边靖楼看得更加分明
一抹斜阳
半壁苍山
伏在岁月的渡口
用心聆听
每村黄土的故事
每块砖石的讲述

战马从雁门飞过
八百里加急
蘸着血腥的味道
凯旋在星光灿烂的晨曦

露近秋风又起
霜来骨化成灰
老太君端坐厅堂
细数一声声雁叫
红尘历劫
黄沙漫漫

雁门在我的目光里
变了模样

褪去旧迹和沧桑
唯有照过征衣的明月
依然记得
谁的手拨过愁雾
抚过旧墙
谁在梦里弹过琵琶
嗅过菊香
塞上曲　塞上曲
总是有人和泪传唱

望乡

云后有双眼睛
看柳枝系东风

水里打捞上来的月亮
照亮寒窗
我们都把孤独
复述了一遍

远望,再远望
梦里的炊烟
替我找到了家门

我只想坐到灯光里去

大梦囚在密室
翻一页书
失魂

年轻皮囊折旧
那个爱哭的自己
竟忘了流泪

好糊涂啊
打坐修行的人一定会说
那些找不到出口的人

我想借用一根蜡烛
作为自己的肉身
坐到灯光里

一边燃烧，一边苦想
我的影子为什么怕风

果香

果子是有家的
在中秋
也在春节
它们也像探亲的孩子
聚到一起
坐在观音前
也坐在牌位前
然后
和点燃的檀香一起
唤醒一宗血脉亲情

雾霾

二叔
就站在我的对面
惊慌失措
他努力竖起耳朵
找寻我的声音
唯恐在太阳下
丢失自己

他喃喃道
这也叫城市的太阳
像一块生锈的铁
让人呼吸沉重
然后
他转过头
又惶恐不安地问
过几年
农村的天
是不是也变成一块黑铁片

在手术室里
在麻醉前
二叔双眼蓄满泪水
他说　不敢死去

如果死去
插在坟头上的幡
祖先如何能在这雾蒙蒙的天里看得见
梦里的家乡
只认得那一片明净的蓝

无弦的和声

我敢肯定
前世一定是他身上的一根肋骨

他疼了一下
剥离出一个我

我沉默如铁的时候
他刚好望向我

风,好似起个长调
我在心里八百回和唱

芳草萋萋,月色如霜
刚刚,我把我们的名字
又写了一遍

酒歌

只需要一间草房
你坐在那里
我系着蓝色小围裙
为你烫好一壶老酒
一只白肚子的花喜鹊正好落在窗前
我们视它为贵客

我这个笨女人啊
就像刚刚学会羞涩

喊回阿毛和阿狗
看它们撒欢
你说,那就是当年六岁的我们

你站起来
将一根竹筷当成剑
此刻,我一定是你的虞姬

不让一滴幸福的泪流下来
我知道,那么多的凡人
都可以在长歌中为王

月光谣

四十年飘零，三十年蹉跎
那些干戈纷争之人
早已宽恕一切

我也成了那个借问青天之人
有谁记着：生前身后名
多少回，我望向高处
也望向远处
心锁一次次打开零落深院

放出些狂想
放出些失落
放出长令，短令
放出丝丝空竹
放出阵阵山风

这是我们的花影
穿金缕袜舞罢
还有多少非分之想
把鹊桥架起来
天河就是我们夜夜观景台

心花开在唇边
浪花开在脚边
这一生，草堂便是天堂

流水声，我听了很久
就像当年我嚼着青梅
你正在唱一首童谣

故居

神,蒙着红盖头进了南房
新娘,蒙着红盖头进了东房
神吃素菜
祖先吃荤菜
都是供菜

腊月的时候
娘和奶奶吃白菜帮子
羊也吃
爷爷每天到别人家杀一口猪

神的善意
祖先的罪过
刀柄腐朽　刀刃卷曲
正屋的横梁
连同爷爷的肉体
一同坠落

如今
我再次回家
脚步轻踏荒芜的院落
也不敢大声说话
怕惊动了原地还在坚守的神

还有供桌上沉默的祖先
他们的脸上落满尘埃
都在闭眼祈祷儿女不再远行
伸向天空的树
遥遥等待新来的主人

花语

那年十月,窗前菊花纷纷落尽
那是祖父和祖母在春天一起种下的
他们看过花开花落

只一天,院里便被整理得一干二净
花香被祖母带走,只留下花地空下来
次日,这里要搭台唱戏

进进出出的人们带来了鲜艳的绢花
白的像我身着的素衣
红的像祖母那颗再也跳不动的心

黎明时,祖父和祖母的拐杖一起从老屋走出来
祖父侧耳,像听到了什么
他静静站在那里,手抚胸口
像一个再也无人疼的孩子
不敢让自己的泪花轻易掉落
一层冬雪
裹住春花
风来了　云散了
只有道路干净
东方分明

雪

就因为,这场雪
我想嫁给冬天
然后
让苍松和翠柏做我的伴娘

就因为,这场雪
我想在夜晚不眠
听雪的声音
还想窗外的月光

就因为,这场雪
我想明天匍匐在长路
安稳一座山
因为
山上被风遗忘的一朵山花等我

就因为,这场雪
我想起梅香
还有母亲藏起来的陈香
在枝头　也在胸口
在寒冷的时候轻轻绽放

秋分

在故乡,南山打坐
看一片叶子落下来
不急不缓,好像忘记了时间

风一来,天马也来
驮着那些熟悉背影渐行渐远

人间和天堂
只隔着一脉经络

明天

数数头上白发
比昨日又多几根

镜里未见桃花深红
一盅首乌染过似水流年
霞光里飞瀑直下

明天,我一定为时光加冕
俘获花心
但愿,当你看见我的时候
会发出一声惊呼

问,春天为什么又坐在我的怀中

暮春

燕子来时新社
梨花落后清明

在春风里
我愿将甜香藏在心里

这满眼的洁白
只配由一支神来之笔赞美

四月　幸福就挂在树梢
春风过来慢慢轻摇

我不敢出声
这山中宁静任由文人墨客惊扰

雨丝细细

等着　就是约好了的
就在这春日里
无数次想过
今年的第一次
你来　我不闭门
不谢客
撑一把碎花油伞
沿一条小路
成为路人侧目的风光
我也会将思绪乘着白云
回到父老乡亲的身边
我看到　我那些亲人们
见面就说
今年有豆　也有粮

给我安静的角落

有些时候
我实在不认识自己
比方在某个夜里
比方在某个地方

我试图剥开自己
像剥一颗种子
在泥土里没命地长
发芽　开花　结果

某一天在云层之上
当我对昔日村庄和今日城市
遥望巡礼之时
内心惶恐
真想有个安静的角落
面壁思过

缓慢书

我们就像左右手
彼此紧扣
锁住此生全部温存

早晨,茶是暖的
和你的眼睛一样
夜晚,这杯酒刚好用酒窝盛好
尝尝是甜的

从你第一次替我拭去眼泪的时候
心就变成一尾瘦金小号

穷尽毕生
还是写不完最后一句悄悄话

终于,我们把自己还给土地
让后来人继续书写

草

是的，我不在意把自己想成一棵草
芸芸众生中如此谦卑地活着

我不拒绝风
也不拒绝雨
甚至不拒绝崖上雪
给我传宗接代的是
不腐不朽之种

在我的身边
有高耸云天的树
还有画地为界的石
我不在乎我的领地被谁占领
只在乎那些没于荒草的名字
越来越多
在冬天我无法将它们一一包容

乡愁

我身在他乡
依然想起美好　想起安宁
想起秋天的向日葵

我懂得的东西不多
只在代州的一个小院足够盛放
我关心日渐苍老的母亲
还有日渐干涸的小河

从一条路作为起点
我眺望远方
不惧风雨来袭
当山中夕阳相迎
我只想夜幕下一灯独亮
我还要一张白纸
包住一颗心
也包住平生喜乐

有一天我将老去
请以尘为马
让我归宁
虚席以待
来不及嗅出汾酒的醇香

我只尝一口奶奶酿的老陈醋
也会醉倒在西厢的老炕

梦中　我枕着故乡一抔新鲜的泥土
眼泪不顾一切肆意流淌
当它变成一片汪洋
在水面　我照见自己
来生　我还从这里起航

梨花

那些四面八方的人们
从微尘鱼游而来
因为春来　因为片片花海
此刻他们都是神仙
内心纯洁
他们也都是彩色的蝶
在花丛飞舞
香和醉暂且停留
请允许我请李白过来
泼墨挥毫
梨树分行　诗情分行

清明之夜
我和家乡的梨树合二为一
从代州的小院
嫁接到忻州
又回原平
我不敢伪装
在我的身上只有质朴的颜色
在土里　我伸开双臂
迎接风雨　感恩阳光

燕来　花落

十分白像极了暮年的颜色
可我决不叹息
在下一个清晨
我释放所有的悲喜
还有旧年的积雪
存在陶罐里
待到中秋
不只有累累硕果
还有月下最美的佳酿

不期而遇

我不施粉黛　远足江湖
披一身剑胆
有月可依

白山展鹏程
碧海跃千里
站在黑夜　我是弱女子
站在阳光下　我是天使之后
不朽　不老　不腐

站在天的高处
我与大地不期而遇
许他一万个理由
这一世转过山山水水
我只把淡然和微笑带走

礼物

这应该就是我想要的生活
一间草屋
半亩方塘

这应该就是我想要的礼物
阳光温暖
岁月静好

一对双飞燕
多像我们的样子
一生就这样偎依着

两棵绿丝瓜
多像我们的影子
风愈吹　我们靠得越紧

天低了一寸　地高了一尺
人间美过天堂
藤缠绕着藤　鸟鸣和着鸟鸣
其实　不问冷暖
有你　每一天都是良辰
有你　每一处都有好景

在意

我不在意做一个打盹人
此刻，阳光铺满草地

我不在意水没有酒醇
只要端起来
微笑便留其中

我不在意草永远没有风来得早
潦倒的样子
牛羊知道便已足够

我不在乎有多卑微
生前或死后
都未做打算
时光不用记住
质朴总要回归泥土

我甚至不在意
那涂抹过的一丝丝痕迹
只有黑白的世界
便是存在的理由

我在意的是
以一种方式
乘往昔之马追来日之路
至死如铁　无须回头

虚掩之门

门虚掩着
好像里面藏了多少秘密

我端详了一遍又一遍
终是返身而去

此时,庆幸自己多了一颗玲珑心
江湖里多了一只漏网鱼

把你捧在手心

月光满院
春天里满是槐花的香气
我轻轻哼着的摇篮曲整夜未停
我在卧室里轻轻走动的脚步
也整夜未停

天上那些星星忽明忽暗
让你爸爸摘下来
做成红灯笼
挂满你的床头

还有云朵
我去扯上一大块
盖在你的身上
做你的避水神衣

我们还可以将自己的汗水和泥
就在桃花源为你选一块地
然后以时光为犁
种下日日精彩

这一生
我们只为你

和幸福　平安　快乐
诚心谈判　握手言和

我们的心
不敢有片刻偷闲
唯恐一丝轻风
吹乏了高高捧起的手心

灵石 我愿依你而居

一

灵石，这一生我只愿以一颗抱朴之心依你而居
你曾久居天宫，却选择以彩虹般的绚烂降落尘世
然后，打坐，礼佛
你想把神秘和美好搬到人间

一个人要怎样修为才能和你站在一个平面之上
在山间，旷野，村落
每一处都是你的法身
而我，只愿以血肉之躯依你而居
闭着眼品味金木水火土这诸多构成生命的元神
罩住我，远离一切苦难
我是天地的女儿　父母的女儿　也是你的女儿
你爱护我　守护我

二

我曾抚摸过无数块性格不同的石头
有字的，无字的
有棱角的，光滑的
赤色的，青色的
它们是长城的垛口，天竺山的片石，介陵的台阶

它们经常让我的思绪在风中飞扬
又让我的眼泪静静流淌

三

我曾无数次神往另一块灵石
它于隋朝开皇十年面世于汾河河道
那时隋文帝正袂裾飘飘指点江山苍
生黎民大道永吉
我似乎看见他捻着下巴上的美髭
在汾河的水里投下一个灿烂的笑容
一个人生命再长
长不过时光永续
灵石上的字迹早已没有痕迹
但它依旧色苍苍　声铮铮
那是上天的念想

在石寿山，资寿寺，介陵，红河大峡谷
以及每座村落和每颗人心之间恣意回荡

四

这世上只有风云日月和流水奇石
能够见证传奇
我仿佛看见
一个从古战场归来的士兵

穿过,"秦晋要道,川陕通衢"
解甲归田,家园征途漫漫
渭水和汾水浣洗着征衣上滴滴血渍
一将功成万骨休
倔强的士兵把一身傲骨
以石头的形式镶在他能想到的所有地方
那是娘的心头肉,也是亲人祈祷的舍利子
这傲骨可以筑城墙　做界碑
甚至还努力将自己砌成家乡的院落
那轮故乡的明月在夜深人静时一次次由星空向人间
问好

每个人最终都将和一抔泥土
几块灵石合为一体
每一块灵石都会将铁心化为柔情

也许还会成为某个孩子童年里最贴心的伙伴
也许还会成为一个流浪人夜晚最温暖的摇篮

冰和寒被你烤热
我轻声给自己许愿
灵石
来生,我还愿依你而居

听泉

隔着风月,无须刻意回避
藏起来的心事
任由这叮叮咚咚的声音来弹奏
闭眼
这世上的安宁
开出安静的莲花

飞翔的音乐
和祥云一起
和画里的人间一样
美一滴一滴渐次呈现

岁月所过之处
已经留下辉煌
不过是一支小曲
以忘我之心
一下一下唱出来
安慰那些抒情之夜

人间微醉

春秋奈我何
菱花镜自嗟,这副形囊中空

悬崖和峭壁做堵院墙
东山种菊,西山种豆
河边若干喜鹊
和我一起迎来黎明

梦里落花不懂疼痛
什么也不能阻挡花香顺风而来

原谅我不敢相信
乡音易改
也不敢相信处处江南
今夜,杯酒盛得下朗朗乾坤
却盛不下一双会流泪的眼睛

野鸭子

那些野鸭子
决不在岸边踟蹰而行
春水暖或寒
贴着内心的温度
就像一些未知的事情
总要一一破解

在晋北的滹河边
一些水草默默生长
它们看见春天的野鸭子们
从天上回到人间
从岸边回到水里

野鸭子们把自己变成一条条小船
把柳绿花红搬回来
把江南之美搬回来
当它们从桥下走过时
身前是此岸
身后是彼岸

一个人的海啸

祖母远行时
刚好在深夜
星空变成深海一片
我看了又看,直到什么也看不见

突然间,泪水从眼睛流下
淹没了天堂去路

祖母的拐杖立在墙角
和我见过的禅杖一个样

此时,它已忘记修行
却千方百计阻止一场海啸的到来
在月光下我们一起静静回忆祖母原来的模样

思与诗

来或走
似乎只为这过眼云烟
当记忆戛然而止
回音尚留天幕

狭长的时空
无论怎样拥挤
我仅仅以一个过客的名义
占有一席之地

所有见过我的风景都懂得
水长天阔
所有见过我的夜色都懂得
把酒当歌

时光从未终止漂流
我也以一个浪人的身份
混迹江湖

灵魂和诗相互碰撞
我便将沉默变成野马
从此信马由缰
独步天下

理解

在无数个黑暗的夜里
抱紧自己
一直感知失忆的疼痛
游弋的梦
在每次短暂的清醒之时
被迫回头

因为北风
再一次推迟想象
寒冷绕过通红的火炉
冻僵思想

憎恨所有腐烂的味道
原谅所有无心的过错
含泪从原地站立
四壁皆空

黎明即将掀开
所有包容的故事
我的心仓皇出走
留在你的身边
静静等待
一株解语花
慢慢盛开

晚秋

风
终于找到了籍贯
在山头和云朵会合
泪雨连绵
悲伤竟成了一种习惯

什么也没有
四野空旷
其实　这里曾汇集过
无数热烈的语言
如今
苍凉是最古老的哲学

阳光把自己一点一点剥开
平铺在大地
等待每一颗种子
坐化于春之阡陌

指尖沙

不问高低贵贱
足探手触抵达内心温柔
我们皆被当作幸运的孩子

身边是流水
眼前是高山
水无穷，云又起
朴素之地就是安身之怀

这次，我要变成一粒指尖沙
请阳光把我涂成金色
即便回不到你的手心
我也会匍匐在地
一直在说：我爱你

在雨中穿行

山上,石头生出风
片云遮幕

山下,细花伞还魂
惊雷涅槃

尘埃顺流水落定
笔落成调

找不到原来的自己
也算幸事一件
万物必在洗礼中重生

遍地落叶霞满天

这是属于母亲的十月
幽暗草丛来不及分辨流逝的彩云

母亲罩着一块方头巾寻觅秋光
踩在脚下的土豆感觉不到疼痛

黄昏
母亲，招手喊来秋水长天

母亲额头的汗水退至幕后
烟火里流不完的泪水
在霞光里粉墨登场

献诗

酒杯划破深夜
梦带着稍许醉意
从未向命运归顺

一个人彻夜战争
呓语尚待破译
次次壮行激烈

揭秘尘封往事
风走散
故乡早已忘记我的小名

那些面孔比从前更加真切
借着月光推窗进来
他们都有一颗慈悲之心

我们低下头来
那些被火焚过的野草破土而出
它们正忍着疼痛
听着一首首关于春天的诗词

虚构一面湖水

画尽群山,我把湖藏在山里
我把住在这里的人
都称为神仙

按照神仙的旨意
湖水是蓝的
湖面是平的

一万个孩子攥在手心里的石头
把湖砸个稀烂
有多少朵浪花,就有多少美人鱼

我要给男孩备好马匹
给上岸的美人鱼戴上王冠
我把幸福送给他们
还要让他们坐在松软的草地上将月光当作晚餐
还有悠扬的琴声一直传到天边

如果可以,再来让我画几笔
画上晨风,画上暮霭
画上升起的炊烟和七色的彩霞
和人一样的神仙一个个看着我笑
我却怎么也画不出开在他们心里的花

浮云

喜欢风马载我上路
在暮色里手捧玫瑰

喜欢落日来我梦中
在星光里纵酒高歌

我将自己
盛开在世事繁花里
只有当年老的时候
怆然勒住马缰
才发现原来
一切都是浮云

错过成为永恒

当夜晚再次来临
我重新在梦中挽救自己亦如少年时光
无所事事被满眼空白
毫不留情填满

面对苍穹和大海
我亦心怀愧憾
天地如此博大
为何
我不能紧握太阳的光环
以壮阔和炽烈为生

我把久违的痛还给过去
还回自己
无数回错愕过后

将以泪为歌
海角天涯的距离让岁月横过
只记得流水匆匆
我们还是相濡以沫

冬夜不冷的相逢

在寒霜袭来时
夜风裹紧每一间房舍
一束光从窗桠穿拂
用古语倾诉
异乡人匆匆
行走在静静的街头

每一片小小的记忆
总在脑海游荡
在冬夜
总有人像个仓皇出逃的孩子
找寻回家的路

今夜
杯酒与沉默相逢
家乡月与我重逢
请捎信
我将让母亲
也做一回孩子

伏在我的肩头
然后
再还她一个深深的拥抱

半夜时分

黑暗的前半部分
我的灵魂是轻的
在行走的路上
偶尔喊住梦
喊出层云后的月亮
向东方的启明星相望

我看见自己睡在家乡的高床
月光是白色的
暮年也是白色的
辗转反侧
一次次压抑地呻吟
安慰寂静也安慰四壁高墙

有多少俗念在瞬间
全部点燃
呵
再有二十年
天地可曾用虚实的脚印
叩问我为何要虚度年华

在这一生中
最痛苦的时候

幸福的彩练

便是黑暗的后半部分

我曾用尽周身所能

不要肤如凝脂

用针刺孔

插满彩色的羽毛

和过往的美丽拜堂

此刻

我原谅一切丑陋和浅薄

用一种响亮的语言告知世界

剥开层层迷雾

我不仅看清自己

也看清昨夜那株抱紧自己的梅花

在寒冷枝头

轻轻绽放

恍惚

群山沉默
羊群走进白云
风一次次抚过石头
怨它不懂疼痛

河流弃世
水草自断锋芒
鱼儿隐忍不语
聊剩冷暖自知

月亮投湖
恍惚一颗心藏在铠甲里
不敢为命运哭泣
谁来承欢这隔世温柔

给你

还想知道
你还需要什么
能想到的
都将一丝不剩给你

最后
如果能变成一缕春风
那就送你满屋芬芳
和满院月光

还向上苍祈愿
即便
把我给你到梦里
也要将决堤的眼泪收起
在你的岁月里
填满的都是幸福的回忆

门

不过是等待
黑夜潮来般的汹涌
热烈的气流
相互交换
鼻息间的温度

和梦一起
推开黎明
心海在人流渐渐平静
日日离去的脚步
沾满泥土

所有的悲喜
以一门之隔
和俗世割裂
只有多情的眼泪
和微醉的呓语
汇成不可探知的海洋

幸福的彩练

丢失的岁月

走到现在
还未曾刻意回头
也未曾失意叹气
镜中朱颜
谢过明丽年华
掌中纹路
研习墨迹深浅

耳边依然有清歌曲曲
可与我早不相干
我只听徐来的晚风
春秋的雨声
绣满珠钗的衣裙
我不再日思夜想
我只看飘去的炊烟
重叠的山峦

脚下还有多少路
伸向远方
路上还有多少风光
等待欣赏
山也苍茫　水也苍茫
终于忍不住回头
寻寻觅觅
那丢失的岁月
了无痕迹

聚会

多年以前
在我行走的路上
总有你的影子
在我身边如花绽放

当我变成一只
会飞的蒲公英
四季漂泊
想你如果是
蜿蜒山涧的淙淙流水
在我心河日夜流淌

今夜我们举杯
在微醺微醉间
想把你的笑容做成一枚书笺
藏在静静的午夜
我满含热泪一页一页翻阅
将过往深深怀念

五月

把花香放出来
把芳草放出来
把童心也放出来

把云洗净
把小巷的清石板洗净
把越来越多的眼睛也洗净

诸神加持
那些美好的事物都如约落入凡间
彩虹成桥
鹅卵石静静躺在河床
而我们正慢慢将自己打磨成
一群久享幸福之人

蝴蝶兰

这些飞倦了的蝴蝶
渐次落在窗前

不能双双飞
就把翅膀折好放在心间

草堂前，借风偷香
只愿日日花好月圆

夜行记

夜游神来了
她总是大发慈悲
也从不吝啬

不信，我那没出过院门的祖母
明早一定告诉我
今夜，她鲜衣怒马
唱歌，赶集

我把夜色送给她做斗篷
遮风挡雨御寒
嗯，这个可怜的老人
只有夜里才会是一个贵妇

行走在岁月的小巷

风鞭打着街
墙上草弯腰

烟筒吐尽烟圈
落幕

远山搭好帘子
星辰点灯
只好让时间略微停一下

拂尽脚面尘埃
装在无尽梦里

期待

我期待每个夜晚
幸福
拥挤不堪
遗漏的种子在每个梦里
开花结果

我期待每个季节
脚步
自由行走
云游的心灵在每座山前
安营扎寨

我期待这一生
不再迷途
以天为窗,以星为灯
来时洒脱,去时从容

见诗如面

我将诗
挂在月白风清的天上
想着你低头一页一页细细读过

快乐和忧伤
静静映在湖中
二泉曲婉转在河中流淌

有些心事不能触摸
就像春天的花心
闻香已醉
小心翼翼
唯恐猝然凋落

在冬天

我读父亲
也读一本书
数父亲的白胡子
翻一张又一张书页

冬天的霜雪
和父亲一样
历经沧桑
懂得悲凉

年年春天
有梨花一样的白
和父亲的白头发一样
经过冷
尝过暖
终于在阳光下
品着香
藏着甜

遗忘

也许

某一天

最后一场秋风

和我一起要把

留在尘世所有的故事

都打包　带走

干干净净

彻彻底底

受一世婆娑

转三世轮回

支离破碎的光阴

和最后一片落叶

总会被季风遗忘

我希望在那个侥幸的角落

有一只属于春天的紫燕

结一世尘网

来生我还在那里

踉跄前行的脚步

和无名的河流一样

总会被大海遗忘

我希望在无人问津的沙滩里

有一只苦苦挣扎的蚌
捻一串明珠
祈九世奇缘

这人世间
即便
我用篦梳滤过
菱花镜
还是要遗忘
藏在耳后的几根华发
静静回望
逝去的华年

唱衰

袍子太过华美
裹不住一生凄凉
丝线绣成会唱歌的鹧鸪

灯火不肯灭
炉火不能熄
捏过银针的手懂得思　懂得苦

那个不肯过桥的人
回了一下头
淋漓雨把灰变成泥

十月

一树,一树,又一树。

叶叶知零落。

今夜,风轻云淡,今夜花残无数。

往事和经筒,转了又转。

我是槛外之人,不知哪一处是修行之所?

听来,水流无声却是天籁吟哦。

要多久远,我们才懂得因果。

要多真诚,我们才理解静美。

月满人间,遍地银辉。

在万水千山之中,我把自己风尘仆仆的心唤回,布衣和粗茶,还有菊香隔墙幽幽而来,她们胸襟宽广,视我为归乡之人。

灯明。

借着微光,一棵又一棵树在夜深人静默然肃立,时光尽迁,来者犹追,冥冥中自有定数。

一片一片叶子落下,像在佛前祷告的母亲一页一页翻着的经书,深谙轮回和救赎之道。

每一棵树的根系满怀敬意,握紧大地。犹如我额抵圣坛,用方言犹念:家国安康。

忙碌

腊月　北风忙着
指挥一切

小寒来时
它喊来羊　杀掉
大寒来时
它喊来猪　杀掉
杀无可杀时　它又躲在暗处
看人们藏起来
大把大把花钱的手
它又在年末时把人们煮肉蒸馍的烟囱吹歪
吸溜着嘴唇深吸每户人家门缝里飘出的香气
所有这一切做完时
它还是闲不下来
喊来漫天的飞雪
点燃红彤彤的炉火
一日连着一日
杯中酒一滴也不放过

和北方的男人们一样
尽情将野性释放
幸福的泪水
羞红女人们的脸庞

东南西北的风真忙
如今
冬春交替
它忙着退后几步
歇一歇
让出窗前一束阳光
等着过年

九月微诗（一组）

一

黄花已落
西山举起一弯镰月
望断天涯路

二

雨夜长过三千里
窗下　独坐
在烛光里　我们把心靠在一起

三

狗尾巴草努力变成拂尘
一次一次在西风里悟习经书
她们更懂怜悯之心

我是否能有她半份家底
游览天下
而她则会将一双纸蝴蝶的翅膀
统统镶上金边，扑上银粉

一粒微尘

人来　人往　行走匆匆
我们也许偶遇　但注定有别

春天　草木静静生长
它们谦卑有礼深谙待客之道
借风一次次向大地弯腰致意

碑前字迹模糊　有人兀自独立
阳光下我看见
每一粒微尘依依缠绵
它们比我更懂怀念

坐在老屋里
我以尘当墨　供桌当纸
写下祖先名字
又画一枝竹杖立于墙角

乳名在院子空转一圈
红泥炉不在
白苍狗不在
满树桃花亦不在

若干年后 没有人知道我曾煞费苦心
在熔炉里将自己也变成一粒粒微尘
飘过万水千山
在家乡的花香里安营扎寨

大家

就在今晚
时光梦回在唐朝
都是大家的手笔
千年后
依然渲染美丽的颜色

小楼活过一千年
风雨填满了
一寸一寸的记忆
瘦金体只是沧桑的封面

地心引力
只有一种可能
灵魂向自由出逃
向下俯视
只能卑微前行

要么举旗　要不撤退
今夜
只有孤独的人夜不成寐
不在乎大家的目光如此意味深长
和黑暗决裂
唯有随波逐流

认识自己

风雨中的江湖
总有我的浪花一朵,静静开放

不介意一个凡人
穿一身疲惫,蹚一身泥水

做一只沙鸥尚可
无惧黑夜,无惧漂泊

一直都在飞啊
早已把辽阔天地装在心里

寻梦

墨染,暗夜重来泅渡
星辰又零落

那些在彼岸遥望的人
都沉默不语

冷波逐水渐次入梦
静听舱前点滴

起身又稽首
归程愈来愈远

尘泥频频相顾
每一刻都深怀感恩

还得关住这风中之门
两个世界只由一墙隔开

我们以天马驰骋
问过各自安好　任泪雨纵横

回望

最后一片秋叶
回望人间
最后一点薄凉
决绝若此
也许还有
一点点人间烟火

回不去了
云俱黑
十个手指
向上朝一个方向
灿烂如天堂

再也听不到
雨声在梧桐滴落
回不去了
秋草秋霜
风来雪来
转身已是白雾茫茫

与秋牵手

玉米的胡须
牵着勤劳的手
低头的稻谷
和弯下的腰
一起向土地敬礼

风是醉了
只从一个方向吹
染黄了树叶
揉碎了白云

与秋牵手
粮仓堆满稻谷
明月静静地
照耀幸福的门楣

约定

我在纸上
画一只蝴蝶
与春天约定
和花海约定

外公在纸上
画了一个圈
与外婆约定
与时光约定

还有一支笔
刺穿风月
和红楼约定
和美好约定

行走在时光上游

今时图腾
狼牙有力地咬合
一只傍地而走的兔子

回不去了
在时光的上游
还在溯洄鱼游

不知道有谁路过此地
一个比花还要灿烂的地名
代州古城
你厚实的土壤
播了多情的种
站在时光的上游
我历数昨天
泪眼婆娑
唯有山后炊烟
又上青天

七夕情

以苍天为廊，星辰点灯
这一刻我心如月
唯夜夜成玦

鬓为刀裁有花斜戴
君不见阶前清凉如水

那一处花好
有风作车马
约来旧时相识

我们把彼此看了又看
总是看不够
便把心互换
相知，相携

我们紧紧依偎的样子
被人画成一对双飞燕

前方的路

不说来日方长
不在琥珀般的流波里
耗尽剩下的时光

踏破铁鞋
看尽一路风光
前方的路
一半云霞
一半薄雾伴着诗书
一路欣喜
一路痴狂

探亲

想起归程
或长或短
心里长出的思念
硬生生被眼角
撕扯成泛滥的泪花

不只是春天
我想将春风十里寄给母亲
还想着
将他乡四季的明月
挂在小院的屋檐

时光的流波
不忍抚过枯萎的叶片
等不及停留
终是尘泥中
小憩的一朵百合

无语

你的好
我不是不记得
默默地放在心头
不想说出来
那别样的温柔

如果每个季节
都是春天
我愿意自己是一只
忙碌的蜜蜂
哪怕穷尽一生
也要赠你甘甜和芬芳

我也愿意
变成一条河
不说如何爱你
只是　日夜流淌
在每个波光粼粼的夜晚
你不再寂寞和忧伤

我最好是座山
也不说如何爱你
当你需要我的时候
心甘情愿让你踩在脚下
望着你　展翅飞翔

我和我诗

黄是金黄的黄
我摘下头巾
卸下满身疲惫

香是菊花的香
我抖落风尘
留住梦中沉吟

雁已高飞
云已走远
我不再痴狂

到了这把年纪
开始学着写诗
沧桑和冷月
让寂寞成水

在九月的高楼
我早已不再

恣意慨叹
每一根头发
在不远的日子里

将被染成白色

那是雪的颜色
霜的颜色
也是仙鹤的颜色

如果我还能高飞
我还能看到遍地金黄
飘零的日子里
碾碎成香

幸福眼泪

小时候
我想嘴馋
就和娘说
我指甲疼

娘笑笑
给我一颗糖豆
然后
剪掉我的指甲

小时候
我想偷个懒
就和娘说
我头发疼

娘笑笑
给我一个花枕头
然后
扎起我的长发

如今
娘老了
我的指甲和头发
剪了又剪长了又长
娘对我的爱

却只增不减

娘的头发白了
秃了
娘的指甲塌了
掉了
可我心疼
哪怕
她像我小时候一样
指甲疼头发也疼哪
怕只有一次
让我在疼痛的笑容里
品味幸福的泪滴

独白

静夜小心剖开隐秘
浮生如痂层层剥落
深吸一口气
乳名迸出来　泪水滴下来

管他梨花白　杏花红
一声惊雷炸响在头顶

整个魂魄再次号令集结
元神自当归位
苍苍白发和经文一同发光

骨头与骨头叮当作响
就如同引路法器
烟尘满身视为宿命

不能忽略那一道闪电
替我看清黑暗里的一切

山有棱，水有涯
每一道阡陌都变成大地袈裟
将竹杖乘风破浪
再让双脚变成白龙马

把风雪抱在怀里
视为通关文牒

方言认识每位亲宗
向前走
身后每寸厚土都情深义重
送我一程又一程

此时，我以风为鞍
游到山尽水穷处
只待又一次轮回
又一次救赎
又一次超度

点菜

从江南到陕北
我唯一会点的菜
只有一盘土豆丝
只这一盘
已足够让我品味一生

我奶奶老到没牙的时候
只吃土豆
我孙女刚长牙的时候
也吃土豆

祖辈吃过的土豆
我最爱的土豆
我的儿孙居然也离不开
沾着土气的土豆

土豆不言不语
却将吃土豆的奶奶
约到我的梦里
一盘我至死不忘的土豆丝
酸酸辣辣种到我的心里

秋雨外两首

以这样的方式
和秋天作别
淋漓痛快地
倾倒着满腹心事

和春天温暖的约定
也只不过隔了一个季节
不算太迟也不算太远
就在第一片落叶上
写满潮湿的思念

今夜
辗转了多少好梦
枕着雨声　静待天明

从第一滴
从天幕落下
便知
热烈的气息
将要结束
由不得你
要来的终归要来

幸福的彩练

黑暗临近地界深不可测
远处　近处
都有隐藏起来的故事

这个时候
父亲捡拾的豆
一颗一颗
也像这雨声
一滴又一滴
添满了我干瘪的内心

从此
我将在每个梦里回头
找回过去的季节
和丢在风里的青春

雨滴

你湿了杏花的蕊
单等一声娇羞的咳嗽
最好的相遇
也正是最好的时候

你藏在墨云的背后
天河的骏马在撒蹄奔跑
送达整个雨季的思念
如此潮湿　如此酣畅

海棠花和芭蕉叶
正隔帘相望
巴山夜雨的灯光
照不见
东篱别酒的惆怅

谁说隐士
不如归去
梦里的江湖
是山水凝眸
穿着水晶样的衣裳
只当是皓腕凝霜

秋，推门而入像一个故人

一片叶子携尘而来
秋千架上的姑娘
不会再将它做成柳笛，它一次次旋转，
似乎在寂寞的舞台，这是最寻常的剧本

在秋天的午后，奶奶坐着
衰草做成的垫子，身边还有一只虎猫，她俩都眯着眼
静心听禅

笼子里的蝈蝈
再也吃不到新鲜的南瓜花，它的愁只有爷爷知道，
努力唱一首悲歌

叫醒八月的月亮，让霜降再晚些

风是最不讲情面的，拿着一把隐身的扫帚
将一切都清扫得干干净净，无论欢乐也无论愁苦

秋，推门而入像一个故人
等着另一个故人相约在镶银的屋
点起红泥小炉　再酙满烈酒
一醉方休

回忆

山羊和白云一起
石头和沉思一起
每个夜晚都是深色调的
比眼睛都黑

提心吊胆在梦里
生怕每条河流都暗藏玄机
像个小姑娘一样
脱光鞋袜在鹅卵石上走走

腾空跃起,不是只为飞翔
雀跃和山花一同烂漫
滴水　寸土都值得珍藏

月光下,一颗迷途之心
在尘埃里渐悟
衣袖临风的时候
一遍遍重蹈归乡之途

月光

今晚 你再次放慢脚步蹑
手蹑脚地
锁住清秋锁住愁
还是那样的心事
被你搁在西楼

雁早已归巢
这水样的温柔
再次付诸东流
独自守着窗儿
再饮一杯菊花酒

夜风已冷
星星眨着眼睛
看万家灯火
听　虫在喧闹
它们都是月亮的贵客

等我

春天
江南和塞北
泪水和雨水一样充足

李花香　杏花红　梨花白
它们夜夜开满枝头

笛声越墙过来
好心人请腾出一片绿草地

今晚,我宁愿相信和一只白狐从笼里出逃
今晚,双星相依　月色如水

秋事

月亮下了金黄的请柬

在中秋开一场盛大的晚宴

星空和大海做成布景

山楂果就是红灯笼

还有树叶和茅草

也当了一回贵宾

呵　还有秋天的晚菊

悄悄坐在角落里低眉顺眼

等着嫦娥过来

说几句悄悄话

秋蝉按捺不住地跳出来

今晚它就住在禅院

明日到西天取经

不怕寒风苦雨

不怕露凉霜凝

功德圆满的时候

以杏花为香

榜上有名

青石碑立于荒野
小草和松柏沉默不言
一次次诵读愈来愈多的名字

四季风造访
替那些孝子贤孙挽袖
再不用抱怨
面无泪，亦无尘

人间如此公平
最后一次大考

命运

时光碾压
河流不急不缓

拐弯　撞击
十面埋伏,浪花如雪

每一步都是一个音符
小调和大调

听懂了吗
我的回音
重复弹一首

刚好,风来
刚好,雨来
刚好,大海以一种新姿态
邀我站立
我们,接着再唱

劳动节

在心中
为土地一次次加冕
岁月的长臂让我在千辛万苦中
学会隐忍和坚强

春种　秋收　冬藏
闪光的不只有眼中的泪水
还有金黄的稻穗和麦芒

一望无际的田野
盛不下一世汗水
子孙接着再流
每一双手掌
不只攥紧过饱满的种子
也攥紧了命运线的流向
一叶小舟沉沉浮浮
在海里它懂得了
生命之壮美
天地之辽阔

清明祭

坟茔从地平线上长出来
那些久违的亲人又聚在一起
在每一个清晨太阳出来前
他们是不是迎风当衣
走了那么久
又回到大地的掌心

是啊　时光回不到从前
可我还是会想起
熟悉的眼神　熟悉的背影
尘世有时让我身心俱疲
站在这一垄黄土前
只有这一天　独自清明

他们只有黑夜
我的两行泪是人间悬起的心灯
他们找寻了好久
说好了　百年之后
我再回到他们的掌心

飘落的山桃花

隔着山　隔着川
甚至中间只隔着一堵墙
一条土坑
艳澄澄的山桃花开了
在阳光下　月光下　目光下
泛着香　泛着甜

爱情总和桃花有关
十里春红一世缠绵
流年不过成泥成香
寒雨东风抹托勾弹
一曲诗文漫过天涯

我只需做一片桃花瓣
心心念念梦发兰舟
逐水流向天涯

诗

时光不老　痴情不变
我们一直读着

雪花和我的内心一样

和万物相拥，冷暖自知
此刻融化，足以感动一生

寒露已过

不经过谁的安抚
我心底温润的潮湿
成为眼中最深的回眸
尚有感知的蒲公英
流浪在外
风中游戈的碎片
填补梦中留下的空白

我早已习惯了
庭院里绚烂的颜色
痴迷月光宁静
母亲慈爱
一朵黄花坚强几日
终于还是
留下一个沧桑的背影

如果岁月和寒冷
能够达成一种默契
当对酒当歌时
还有楼台可坐
有香可嗅　有树可依

一群南归雁
每双翅膀涂抹金色
收拢离别
放纵情怀
昨日应不返
秋山又几重

瓶颈

我　在四十年后
终于活成了一只
不知天高地厚的猫
在墙角
悠闲踱着方步
和暮歌一起

曾经不过是一个鼠洞
我用胡子
量判得失
生死和进退
无处逃避

一切便成了
一场游戏
磨磨爪子
窗台上除了坚定的目光
还有如水的月光

哦，刘海

几曾想到
这额前刘海
亦如窗前青藤
终有一日
枯萎　潦倒
便是纸包的灰烬
吹落风中

爱就是爱了
隐藏在疏影背后
只有忧郁的眼睛
春波里千帆旧梦
反复梳理
一根一根
辨识那张
最熟悉的陌生面孔

我不过是
记性最差的一个过来人
如今
只有光亮的额头
记着
曾有一片温柔
紧贴着温暖的掌心
在月光如水的窗前
遥望满天星斗

放飞

大口喝酒
按照自己的性格
醉了也好
就枕着月下梦
放飞自由魂

用拉风筝的线
拽紧了飞翔的翅膀
飞扬的泪花
透过晨雾
不是停泊
而是起航

飞扬

我沉重的头颅
和身躯
以极低的姿态
稳定重心

如果,子弹炸裂
我身上的羽毛
也将和冬天的雪花
一样飞扬
我情愿相信
我一定是一只
被上帝救赎过的不死鸟
一直会在夜空飞翔

痴

让星星提灯
让秋虫来唱

让春风传香
让叶子学舞

让每株树都站成排
一步一步通向远方

让每颗心都能感到疼痛
剥茧抽丝
深吸一口丹田气

天阶清凉如水
我一层一层裹紧衣衫

菊花小心翼翼开了
它怜香惜玉的样子
断不能让一支秃毫移开

眉头舒展之时
落霞就变成孤雁
云低　天阔

幸福的彩练

路过人间

这里　是我路过的人间
山高于地面
云高于天上

这里　是我路过的人间
路过有人走过的路

我路过　四十二岁的阿俊
为了讨生活掉下的山崖
也路过阿俊的老婆带着未成年的三个娃
头裹着孝布哭哭笑笑又一次出嫁

我路过从羊群里走来走去的牧羊人
潇洒如神仙
唱着和云一样游走的歌
我还路过所有种过庄稼的田野
长起了林立的高楼和大厦
我路过了自己的童年
被孩子们的电动汽车替代
我路过从地里努力长出来的草根
悄声潋泣

我路过自己百年后
牵着爱人的手
在漳水边一次次泪流
在故乡
我们从未做个记号
梦里花落
只把他乡作故乡

假如

三分颜色
开一间染坊
七仙女就有这样的本事
可惜不是我

今晚
我去拜月
牛郎在天河水
奋力划船
北斗星挂起灯笼

瑶池的仙桃
我带回一筐
兔子数着数
说我多拿了
嫦娥一个

怎么会呢
我只是天上
外来客
假如
是个神仙
不回来呢

望月

窗前月　楼台月　海上月
乘着风和云
年年望向故乡
熟悉的归程

呢喃声　犬吠声　笑语声
每个节日
都以光速
打开游子的心门

今夜
西江月　秦淮月　关山月
如弓
射出去满满的思念
再一次
拥入怀中

黑夜

闭上眼睛
和一切隔绝
我看不到云的温柔
和风的狂野

今夜
留下你的影子
成为梦的主人
我离自己很远
离你很近

真的
只怕遗失自己
隔着黑暗
苦苦寻觅
心里留下一点微光
等着和晨曦交汇

我清楚地听到
自己的心和她的余音
一起在空荡荡的房里
悲哀地打战

伤逝

几口唾沫把一个女人砸到河底
她神情悲壮，不再喊疼
此刻，波平如镜亦如雪

存在

一片云
不离不弃与我流浪至今

背负行囊逆风
芳草收走所有杂念
野火由远及近

此时,不恨两手空空
只留一声叹息
比羽毛还轻

一个空壳子
以飞虹姿态身凌绝顶
静静听,心跳的声音
随着云雨滴滴而下
重不过一朵浪花

翻书

每一个字都透着光
看懂每个阅读者的心事

有时 一页书不知
被谁翻过多少遍

就像天上的大雁
一生中飞来飞去多少回

那些镶了金边儿的故事
从书里走出来
无限慈悲地缀在那些褴褛的衣角

烟火的庐下
每一根皱纹都在为明天打着腹稿

入夜
只有清风翻着
一首同题诗
生与死

静

夜里入睡前
清水净面
好像一个人走在朝圣的路上
心里只有西天的佛

翻书的时候
灯光和月光都变成了阳光
起伏的呼吸 摆动的钟表
变成了春天的鸟叫和奔流的大河
此刻 我只是一个冷静的旁观者
亲临几千年前的古战场和芳草地
一个字就是一抔烟尘漫漫的黄土

天明的时候
窗外下了一场雪
要多纯 有多纯
要多净 有多净
我不敢第一个踏上去
怕听见有人喊
疼

梦到儿时

南院　南房　南床
今夜透过梦
我看见褴褓里的自己

我看见了母亲
和世上所有的母亲
每一个深夜都是歌者

当我在歌里
变成马　变成凤
向未来跑　向云里飞
只有母亲日复一日
蹚着一条温湿的小河

四十年过去
母亲还记得一首首儿歌
当她在藤椅上轻轻摇唱的时候
我的眼里大河浩荡

九条命

一

我自命佛法护身
命运在老君的丹炉里炼过
懂得疼痛　但不流泪
知道后退　但不失意
就像一朵云　可以往高处飞
也可以像远处走

二

我当始终保持淡然状态
让心变得空灵
每一个时辰我都处变不惊
无论我眯着眼看远处的山峰
还是低下头思考一滴泪水的重量
我时刻准备活成一棵墙头草
静等春来　也盼花开
我将每一点善意　都当作亲情

三

我的愿望很小

当我风尘仆仆从户外归来时
我多想迎接我的是热热的炕头
还有孩子温暖的小手轻轻抚摸我
我闭目一遍一遍唱着自在的歌

  四

我的梦里只有黑夜
唯有目光明亮
许多时候
我总要走进昔日的小院
如果你还认得我
请看我一眼吧
我把自己炼成铜身铁臂
唯有心微微一颤

  五

亲爱的你们
请为我蹚过这条悲伤的河流

你们的小船上
载过喷香的肉糜　米面还有鱼虾
我都一一尝过
但我还动过供桌上的瓜果
我一次一次把自己的命拽回来

像阿爹费力拽回一口袋高粱
坐在门槛上喘气　再来

六

有一回　我路过田野
正好一只蚱蜢从我的面前跳过
我不再呼吸急促　为命而搏
一朵蒲公英轻飘飘飞过来
连它都在
它一定听到我的心碎声

七

万物皆有灵
我的九条命啊
——重现
不信　我的胃里曾装过碎石和瓦砾
咬不动　我囫囵着咽

寒冬里　我也曾蜷缩着身子将背风的墙角当作避
风的港湾
我还盼望　那个豁了门牙的老奶奶会倚着院门
在黄昏时分　一遍又一遍喊着我的小名
我盼望十二个时辰里
都有爱和温暖

八

我尽量放慢脚步
看着自己的影子
越来越瘦　越来越小
我想起一个词　顾影自怜
院子里长满荒草
我惊慌失措地抬头
想起了另一个词　视而不见

九

阳光透过窗棂
怀着慈悲心
我把九条命的故事一一讲出来
身旁那只老花猫的尾巴摇了又摇
而我一次次泪落如雨

珍惜

收拾衣柜
摸到一件厚实的毛衣
那是婆婆的遗物
脸贴着还能感觉到她的温度

她一生守候的家园毫无保留悉数留给了我
旧的床铺　破的碗碟
越是在红火热闹的日子里
它们愈是频频出现

面对一张朴素的黑白照片
我为自己的浅薄倍感羞愧
和母亲一样的爱
一次次在阳光下展现

我继承了父母的血脉和风骨
又一样不剩传给子孙
爱被分为源头和归途
命运之舟不急不缓，一路驶来
总以为我有足够时间沐浴爱，感知美

婆婆葬礼后
我变成一个敏感的人
美好的事物一夜消失
一盆不开的花

一张铁冷的被
一张若隐若现的脸
都从一文不名变成世上稀有

无数个深夜
我将那些点点滴滴的过往捂在胸口
不敢沉沉睡去
怕自己不小心
让它们和我的眼泪一起悄然滚落

老照片

对着一张黑白老照片
一直看　一直看
便看到树上的鸟飞起来
河里的水流起来

照片上那些久未说话的人
还看到我的眼泪比他们先流下

梨花

我和梨花只隔着一双眼睛
它们在故乡最美的地方
静静观望

面对梨树后的青山
我把它当作高堂
心一次次跪安

今日天色尚好
我步步为桥
让轻风为轿
终于扮作新郎

在我温存的目光里
每一朵洁白的梨花
都是娇美的新娘

我是多情的王子
一千年以后
寻着梨香便寻到回家的门

书斋

千年美人颜色如玉
千里大江浪花成雪
在一间焚着檀香的小屋里
我一次次对自己说
妙不可言

年

风尘全被抖落
热辣辣的目光里都是惊喜
回忆里的每个片段重新组合
每一杯酒盛不下花开的祝愿

顺着掌纹抚摸亲情
柔软的额头 柔软的笑容
每个老人都是向善的佛陀
每个孩子都是亲善的使者

打量土地
每株稻谷都值得托付一生
被阳光爱过　也被秋天谢过
记得小鸟从头顶飞过的影子
怎么叫都像是一首赞美的歌

春光一次又一次领受来自各方的寒暄问候
地球心甘情愿把自己变成
一颗裹着蜜的红豆
有多少人就种在多少心田

幸福的彩练

白玫瑰与红玫瑰

必须记住这样的花香
浮生如此
记住了你
也便记住了爱
记住了人间的美好
天堂的美好

必须记住这样的颜色
晴明远蝶来
记住了你
也便记住了青郊草堂
记住了篱落疏疏
记住了春天的锦绣东风
记住了多愁暮雨中
那样的红　那样的白

记住了泪雨霖铃
记住了叶闭疏窗
记住了酒香　茶香　花香
记住了点滴　寻常　过往

吾手写吾心

铺开素笺
无须大珠小珠落玉盘
弦外之音
有多少人需要善解

不管多寒和多冷
我就像一只流萤
逐光而飞
一寸情思成灰
眉头落下　又上心头

洗砚池边树
桃花　杏花　莲花
墨迹逐一渲染
诗中画　画中诗
风月皆含情
我只算痴人一种
在时光中寻寻觅觅

我的手触摸每一根脆弱的神经
美好和痛苦同样铭心刻骨
我只以一种方式去感动自己
冰和火呼而欲出

高

亲爱的奶奶
你葬于离村庄很远的高山
我常常在夜晚,或者清晨
想你,也想你身边的云彩

你身高四尺
日日的苦累把你压低
直到比我足下的土地还低
隔着厚厚的黄土
你还在轻轻叹息

我像个心怀执念的孩子
痴迷攀爬那架云梯
我高一尺,天就高一丈
心惊胆战低下头
轻风如你又将我尽力托起

眼睛

你看过的地方
今天,我又替你看了一遍

院里,你守待的四方天空还是那么蓝
村前,你洗衣的小河流水还是那么清

亲爱的奶奶　你是属羊的
也属于善良
你的心肠和青草一样柔软
我在你的肌肤上一寸寸走过

你照着喂养过的羊羔
剪了各种窗花,贴在每个小屋
我也学会了　学着你的样子
也将爱一遍又一遍复制

现在,羊圈空了
窗花没了,院子旧了
在你留下的每个脚印上
我又重新丈量一遍

清明雨要来
想起你在小草中快要低到
地面的名字
我的眼睛比土地更加潮湿

听风

往事常卧残阳
声声慢数
故乡风过

四十年云帆高挂
八千里水长云阔
暗流涌动
雁阵徘徊　步步惊心

吹不动　星夜如雨
身经千折百摧
侧耳听　管他春红渐落

又是帘卷
镜湖之水　动人心波
池上边树　簌簌作响
蝉鸣处　亭亭碧桐
一香飘过　天涯寝客

爱情递进式

五岁
你骑来竹马
我剥开青梅
你过来几趟
我便剥开几颗

八岁
你背着小书包从我面前经过
一次一次都给我哼着新歌
我端来一杯水
你学着大人的样子
当酒喝下

十二岁
我长发及腰
你在我的鬓角插了一朵
带露的杏花

十八岁
你怀揣一帘幽梦
浪迹天涯
我夜来无梦
隔着轩窗　痴心对月

二十岁
我们布衣粗粮
田园沃土果蔬鸟鸣
还记午时汗渍清香

三十岁
花好月圆时
我为你轻拍衣襟上的尘土
方桌前爹娘笑着　儿女等着
年年中秋不觉天凉

五十岁
多少花落见证我们
此生一半的传奇
叫相濡以沫
还有另一半
叫不离不弃

六十岁　七十岁
直到一百岁
或者更远的将来
更长的日子
我们还将在一起

我的第一根白发
只愿为你而生

我的愿望一直不曾改变
你唱　我便也唱
你停　我便也停

若干年后
人间烟火还可记得
我和你互相祈祷
不必成为舍利
只要砥砺成沙
风吹来
云水如诵
静静等候
又一个轮回里我们期而有遇

思念

若干年后
若能在清晨或者午后
在披满阳光的藤椅上小憩
就让我低着头呆坐一会儿

偶尔　往事不小心逾过时空隧道
叨扰我的日渐平和
请容许我尚有记忆
可以用初恋般的情怀
偷偷抿嘴一笑　回望昨天

想起鹧鸪　想起杜鹃
想起断桥　想起花伞
想起模糊的旧相片
想起纸片飞满天
其实那些人和事
想起来或者想不起来
都无关紧要

起风了　下雪了
我带着我和我的思念
步步蹒跚
我不敢望向别处

唯恐刚刚想起来的那个名字
不小心遗落江湖

天要黑了
闭上眼
我可以云游天下
肆无忌惮
一遍又一遍地糊涂
一遍又一遍地回想
除了自己
没有人会笑话我

一棵山楂树的故事

选了一块风水宝地
静静留下来
就是安身立命之所

用土和水精心滋养
用风和月学会化妆
不用费尽心机去揭穿这多情的一生

从不遗憾
结出的开心果被谁摘去
阳光懂得我孤独的理由
我甘心做幸福的证人

一盏灯

一盏灯　亮了
整个屋子也亮了

一个女人
和一盏灯相依为命
六十年她们互诉衷肠

如今　案几旁亮起的白烛光
竭尽全力
最后一次把泪光里的堂屋点亮

我为卿狂

冬天的某个下午
我读到了《上邪》

于是　安静的时光
变成了暗流

好像一个人
变成了一条河里的鱼

拨去鱼鳞　挎上竹篮
也要变成岸上娇羞的新娘

烟火从来都是我想要的生活
一颗心变成飞翔的翅膀

难言

穿过时光走廊
转身便是千年
我一定是盛唐春光里
那片最娇羞的花瓣

我也总是相信
在莺歌里
一只掌心的燕子舞步轻盈
奈何君王空付深情

如今　不知有没有人看见
一个寻常中年女子
多少次在绿肥红瘦间徘徊
每走一步都能听见自己的心跳

畜生

有的人变成畜生
有的畜生却长了一双会流泪的眼睛

有的人被承诺来世当牛做马
有的畜生今生不知是谁变的

我们都是操刀者

无奈

他就是一个孤寡老人
放过羊　逃过荒
年轻时还合伙过一个女人
女人的一个儿子姓了他的姓

六十五岁时
他脑梗　不会言语　不会动
藏在炕洞里的钱取不出来
这个秘密只好被封在肚里

他够不到墙角的农药
也搭不起房梁上的绳子
天一黑
他一遍又一遍闭眼等那个
没叫过他一声"父亲"的儿子
天外来客般喊一声"死鬼"

乡音

在原平
每一条街道
都知道我灵敏的听觉
来自不同方向的风
总把我带回代州城
听听高粱拔节的声音

在太原
每一间旅馆
都知道我总会叩响心灵之门
用不着和任何人说话
独自静默
夜里以一个忻州人的身份
端起一杯清茶

我将自己想成
一支系着中国结的短笛
吹着《思乡曲》
越过千山万水
我深信每一朵白云
都会侧耳倾听
并且怆然念着我的名字

茶

我执意要将每一朵花瓣
和每一片叶子晾干　储存
然后　一个人在沸水里冲泡
浅斟慢饮
就像我将每一段日子揉碎
在烟火里淬炼成不同的颜色

牡丹　芍药　桃花
蒲公英　玫瑰　菊花
碧螺春　普洱和毛峰
它们都内含不同的香气
就像每个人各自折叠的密码
问君　何时枯萎　何时绽放

每一次重读纳兰词
请容我看着对面你的眼睛
品评盛在兰花碗里的那一杯清茶
在月下微风拂过

每一个日子都如此寻常
经年以后
却又是一个美丽的传说

生活

一张麻纸由狼毫任性游走
一条河趁势而出
看不出什么
但总有秘密隐藏其中

时间未曾有过拐点
书写历史之人举着火把
山林屏住呼吸
看谁一夜白头

逆流而上之日　阳光明媚
把新鲜的空气当作下酒菜
把命铺开　再书写一回
烟尘的味道

这些年　我带着自己的姓
像揣了一道救命符
为生而活　毫不畏惧

囚徒

就要出去了
心里那扇敞亮的门快要开了

黑色的夜里
黑色的眼睛复述一封又一封
还未来得及寄出的信
一窗棂阳光是梦走向春天的唯一通道
将拇指和食指环成一个圈
和月亮共盏

一望无际地想　毫无悬念地想
把自己想成一匹脱缰的红鬃烈马
变成一团火　变成一片云
只在马尾上系一棵绿油油的青草
在每一个白天自由自在奔跑

流年

万物在镂空时光里
以同一种姿态
都在飞翔

以今日为界
昨日一切都已裸露
贴近真相
一颗苍茫之心　无处安放
明日一切皆已注定
灵魂高傲
看破生死之门　不负修行

面对星辰和月亮
我只是游历红尘的一尾轻羽
在每一粒微尘间不敢留下
一丝痕迹

粽情五月

一

五月　阳光把自己倒进盆里
倒在一粒粒米粒之上
母亲反复折叠着一片一片粽叶
动作娴熟

仿佛一生的温情　被裹在这片片碧绿之中
无数颗金色的　银色的米粒
用力地抱团　几颗小枣夹在其中

不能让一粒米流落在外
这是时令里最小心翼翼的语言

去年的五月和今年一样
今年的母亲却和去年不一样

一个下午我从母亲汗流满面的容颜上
一遍遍找寻年老的自己
也在自己身上寻找母亲年轻时的痕迹
不得不说　眼前的母亲比五月的石榴更美丽
多子多福　低眉顺眼
只有插在门框边的艾叶配得上这淡雅的气质

幸福的彩练

只有一颗颗的米粒将一年年的时光重聚

我自感幸福　犹如母亲自感幸运
我把幸福交给母亲　母亲和幸运握手言欢
从不低头
母亲与眼前无数个粽子一一对望
一一微笑
犹如菩萨与我们一一对望
一一微笑
在每一个重要的日子里
慈爱从未缺席

二

每一年　翻开日历
只有在五月
此时　北国之我乘风逐浪
此时　南国之水浩渺辽阔

此时《九天》属于我《楚歌》属于我
高洁属于我　芬芳属于我
几千年的神谕再次抵达
从苍茫中垂下
渡我于尘世之中

此时　焚香过后
我手捧《怀沙》

我怕昨夜里露水未尽
泥垢尚存

此时　在无声无息的黑夜里
我用力抱紧自己
此时　在无边无际的江水里
我看见一群群鱼游过来
又游回去
它们口中只衔着一粒米
去朝拜不死的法身

三

入夜　当我沉睡之时
粽子悄悄熟了

它们深藏甜腻
让每一朵味蕾忘记苦难

岁月将记忆一字排开
隔着千年
不再往返

我看见尚在人间的自己
在水中的倒影
渐渐模糊

修行

一座庙就那样坐着
孤零零
香火经年燃着
白日众生虔诚祈福
夜晚它来默默诵经

一株柏树就那样守着
痴痴地
枝叶四季绿着
春季清风倾心相谈
冬季它去装点美梦

在供桌前
我跪在佛像前
祈求这一生幸福平安

在天地间
一株柏树也把自己看成
一茎高香
一位弥陀
面对每一处庙堂
它每一秒都在许愿
愿人间花好月圆

小雪

打开南窗　千山白头
一行断雁叫来西风

炊烟自在　在云里徘徊
一桌人　一席话
烹羊之乐　三百杯还少

曾经的雪　一片片落入掌心
钻进怀里　来到梦里
凝成雾　化成水
年华飞逝　香气更浓

幸福的彩练

相约冬天

阳光久未露面
最近　它不爱管闲事
不在意谁早起　谁晚来
谁的音乐像瞌睡人打鼾
谁的舞步零乱

远山沉默不语
它静静观看这场戏剧
谋划主角如何继续纷争
谁赢　谁输

田野把自己腾空
草枯了　叶黄了
只留下合家欢的笑声
慢慢回忆

墙脚那枝梅
踮起脚尖　挺直身姿
涂了胭脂和口红
夜晚又披了洁白的婚纱
而人间万物一再商议
和它穿同色衣裳
来做伴娘
春驾风迎娶
一场盛宴即将开始

醉

天在水里
月亮也在水里
灯笼长在树上
用竹篮打水
醉了的星光变成泪光

淡

我一直以为在命运这幅巨大的宣纸上随意挥笔
一生总会有个结果
就像一朵云
不在乎一事无成
也不在乎功德圆满

以自己的方式在天地游走
以雷为歌　以风为马
看黄河远上
看大江东去
不去想归程也不去想去路

江湖总是记起那些隐士和高人
它将盛满七种颜色的染缸
一一呈现
那些多出来的浓墨重彩
被那些爱美之人一念再念
他们向群山挥手向大河挥手

只有我静静地祈祷
变成清晨最清最大的一颗露珠
将那些力透纸背的爱恨情仇
一一洗淡

鹊巢

愈是在冬天
那些藏在树里的鹊巢
毫不迟疑地让我一次又一次看见
风没命地吹　树枝颤着
为那些未出世的小生命
摩顶受戒
我一定会看见那些清亮清亮的小眼睛
它们也一定会看到我
看穿我的迷茫
看到昨晚我刚好念到
一首《鹊桥仙》
刚好妄念又起
一片心长了翅膀
它和我一样今夜柔情似水
佳期如梦

生活

昨天常家庄园那些精美绝伦的砖雕和木楹
一定看见过一个人毕恭毕敬在它们面前一次次走过

我让自己回到三百年前
身上的貂裘被风反复吹着
几百年
常家园中的风就如今日般默念
岁月静好

祠堂大门开着
那些祖宗的牌位远远听见
一群异乡人大声慨叹
原来
有人这样生活过

后花园里的游廊木凳
无数尘埃一等再等新的主人
当我拂袖而坐时
似乎这世上又多了一个俗人

掌声

把心捂暖
把热情点燃

一切善良和快乐
都久存人间
打开一把铜锁
关不住的春色跃到眼前
每条河流更加清澈
每座高山更加巍峨
每一片叶子更加葱绿
每一声鸟鸣更加婉转

神也驰骋　梦也驰骋
我把自己轻扶上马
每一寸土地都暗育花香
每一秒时光都偷藏快乐

幸福的彩练

魂

穿过时光空隙
还能听见最熟悉的梦语
月光当烛
将遗留在世上的爱再抚一遍

半坡上的草枯了一回又一回
也绿了一回又一回
园里的桃花开了一回又一回
也香了一回又一回
只有风不懂沉默
还想着惊扰久睡之人

那些普通不过的名字
不管有多少　多长
还是比云里的烟尘还轻

只有在一遍遍念叨他们的时候
一颗颗虔诚之心才觉得比竖起的青石还重

孤独

醒着有书陪着
睡着有梦哄着
阳光照着
月光看着
影子在后面紧紧跟着

床

从来都是如此
每晚痴情等我
年少便紧紧相依
彼此不弃

熟悉了味道
熟悉了喜好

等着幸福圆满
等着伤别愈合

仿佛一辈子都愿意把我当成孩子
抱在怀里
不用挣扎就成了宝贝

睁着眼满天星斗变成宝石
闭上眼每寸敝袯变成翅膀

换一种方式
那些阴暗和苦痛剥离肉身
那些芬芳和快乐一次次向灵魂探望
小心向前
愈走愈近

信

每一个字在等待一双与它对视的眼睛
周围空无一人

此刻　内心看起来如镜般澄明
晒自己在阳光下

那些影子看得越饱满
眼泪就流得越欢
风比云和马跑得更快

读着一句平安
自己慢慢变成一支绽放的百合

春到人间

打开锁
满园桃李不用言语
便和爱美的眼神暗自交流
约好清明前沐一场春雨
再嫁给春风

春草在山坡上喜不自胜
以天空为庐
给那些有情人做了婚床

小河从冬天开始就备办嫁妆
流水抬着那些闪着光的碎银子
从山间到故乡的路上
一刻也不敢停歇

丑桔

那些水果都有一个香艳的名字
尝过了　便不会忘记

实在不知道还有这种丑东西
任人从头顶开始剥开
好像一个坏人开始脱胎换骨

苹果　桃儿　还有柿子
都正儿八经坐在供桌上
一颗丑桔也混迹其中
它多想让人记得它
惊世的丑
出类拔萃的甜
虔诚向美的心

不信青春唤不回

看着我的小儿子
母亲瞬间变回年轻的模样

她哼着给我哼过的歌
也敞开抱过我的胸怀

她的乳房被儿子轻轻摸着
并且希望奶水在明天可以流出来

母亲鬓角的白发自然垂下来
我替她掖到耳边
想着今日过后
用我的泪水
再给她重新染黑

灶台

娘是个将军
一辈子在灶台前排兵布阵

葱要切丝　蒜要拍碎
面条要擀得和柳叶细

十八般武器一遍遍演练
娘就从穆桂英变成老太君

有时候　她站在那里
你深吸一口
故乡的味道就溢满心头

三月蝴蝶

每一畦油菜花都有主人
它们把身子交给阳光
香气不分地界　肆意流淌

每只蝴蝶都使用同一个密码
不用到江南
每一次振翅都不容忽视

我们都不作声
静静看　慢慢想

现在　风吹过来
我们在沉默中听
四周都是幸福的回声

恋

嘴角上的那颗痣
怎么看都像一颗相思豆

好像仅有一双眼睛
懂得这样的爱出世离尘

一笑便成了缚紧香囊的红绳

立秋

再过几天
意料之中的冷会慢慢来到
我们束手无策

黎明前,又有一阵小风
努力压住狗吠
鸡鸣穿过星空

太阳出来了
它数了数还有多少片树叶
需要染黄

用它们做成一床床棉被吧
被子下面肯定会藏着无数双胆小的眼睛

我知道
必定有个画家
将连绵的山和清朗的天
一起收入囊中

未来,不管有多远,多冷
故乡都近在咫尺

穿墙术

铜墙挡不住一颗铁头
穿过去
星星点亮了这个念头

成为一个贼之前
我得放下好多东西
比如好人的头衔

为了变成一个贼
我只得睁大双眼
微处,仍然看不见

我还必须得炼
在老君的丹炉里
疼痛失去,那得多少神仙
在天上围攻一个贼
我在人间
还不想成为你们的敌人

雨

过了清明
山坡上的青草回过神来
它必须挺直身子
像去年一样活着

那些渐行渐远的影子
并不知道
雨丝比人心要软一些
用了一个下午
把那些守望的目光
又安慰了一遍

树

家乡有多少棵树
记得我的名字

离开家的日子太久了
小院里有母亲等着
村头有老槐树等着
她们都比我情多
也比我情深

日子久了　母亲老了
她常常会靠着树
痴痴等着远方的儿女
一片叶子掉下来

它比我的手更暖
比我的心更细
默不作声地从头到脚
吻了母亲一下

我的孩子

孩子，你知道吗
当你睡在睡袋里的时候
我痴痴地望着你
你黑又亮的眼睛
是夜晚的星辰
我脑海最美的故事
都留给你
点亮我生命的星空

孩子，你知道吗
当你背着小书包的时候
我痴痴地望着你
你向我挥手的样子
是春天依依的柳枝
我拍过最美的照片
都是和你
汇成激情的河流

孩子，你知道吗
当你托着腮轻轻叹气的时候
我痴痴地望着你
你不肯说一句话
我思绪里黑暗的隧道
总是摩挲着前行

同着你有力的翅膀
飞向无垠的苍穹

孩子，你知道吗
当你的身边有了一个女孩
你们的影子形影不离
我痴痴地望着你
公园的一角
旋转木马静静地等着
我想变成它
驮着深深的爱和你们风雨兼程

孩子，你知道吗
当你长出白胡子的时候
我痴痴地望着你
我青筋累累的双手
抚摸着你的脸颊
我叫不出你的名字

我的孩子
请你不要怪我糊涂
我的眼角轻轻地流下一滴泪
重重地坠落在地
那是绝世的梵音
祈求上苍赐我一根魔杖
可以握住生命的轮回

在路上

何时出发
都注定有归途

纵使
我历尽艰险踏上寻梦的沃土
捧起的
却是内心波澜起伏的情愫

夕阳只记得
少年的微笑
而，林荫道的落叶
只在秋天
做过一枚泛黄书笺

到最后
我不敢仓皇回头
那些，深藏着的惊喜和哀愁
还有错过的美景

都在眼角瞬间停留
如果，能够相约
来生，定和你
来一场刻骨铭心的邂逅

飞絮

白天,我看见满天的飞絮漂着
其实,在夜里也一样
像极了一群流浪的人
毫无目的
在人世间找一块净土
让自己尘埃落定

我从不愿去想
要是这些飞絮变成纸钱
不是撒给那些随便挥霍财富的人
会有多少人含泪接着

母亲

母亲终于忘记了许多事
包括凌晨五点急着喊我起床

那个从来闲不住的老人
坐在阳光里
修成一尊只会笑的佛

缘

心里坐着一尊菩萨
众生忙碌
每一处地方都适合一座庙宇静修
风是梵音
云是经书

一天一天念
一遍一遍翻
每片叶子掉下来
便又一次摩顶受戒

缘来任由　去留随往
那些转身或者离去
不必百转回肠

儿童节有感

今天,从早晨开始
我只有五岁
比小侄女儿刚好大一岁
并且还是个小男生

我弯下腰的时候给她当马骑
我们相伴而行
身前身后的车流都静止下来
为我们这一对儿小朋友让路

今天,我重新剥一颗水果糖
温习一下甜蜜的味道
小侄女说我是一只"馋猫"

今天,我也扎了根朝天小辫
此刻,我就是一个舞台上卖力表演的孩子
隐藏在桃红妆容下的笑容
在阳光下更加灿烂

其实,人到中年了
母亲还一直喊我孩子
愿我的心纯洁如水
愿我每天生活在童话般的节日里

思念

年岁增长一日
那些花的香和尘埃的琐碎
便没来由地来了
白天来　夜晚还来

你知道的
我不想记起
清歌一曲也只不过换一场泪流
我不想记起
河里的红鲤如何悄无声息在夜里游走

喝了几十年的苦药
没人见死不救
只是无药可救
在镜子有两个我
一个白发满头
一个杏花满头

低首念一首诗
一辈子还未念完
另一半还挂在枝头
年年春来　年年依旧

岁月日渐消瘦
只有秋千上的一只蝴蝶
飞过花海
在静静的西楼稍做停留

今年春好短

谁都可以
像母亲一样
再次伸展腰身
折下一弯柳
做成一枝笛
低眉成曲
我眼中的她穿着红装
只有十八岁

那些埋伏起来的花朵
等不及春风来渡
只一夜便香满枝头

这一季与一生相对
够短
这一生与幸福相守
够长
守着幸运和幸福

我向春天大声诵读
只在一瞬
便留下美好长久回味

春风走过阡陌

风矮了一截
为了亲善小草和泥土
只过一夜
就让惊喜悄悄露头

鸟儿从蓝天
屈尊到枝头
最后降落在阡陌
它们都想把自己变成孔雀
一次次开屏
向爱求欢

地下还有深深的甬道
那些冬眠的动物
只身掘进
生命在下
神灵在上
自然与美紧紧融合

童年

戴一顶破草帽
在屋檐下升起大帐
披一方红头巾
举根鸡毛就号令三军
我就是大破天门阵的穆桂英
猪羊鸡狗从四面赶来
还有比我小的娃娃们
都是帐前兵勇

我和我的影子

如果流水的时光还能记得清
在它粼粼波光之上
我曾在十八岁的时候
和岸边轻摆的杨柳
一同投下一片倩影
我们沉默不语
只等春风吹皱

如果逐渐模糊的眼睛还能看得清
在它款款深情之中
我曾在二十岁的时候
在月色之下
隔着窗儿
将孤高的影子画成一幅简笔画
我喃喃自语
期待妆红不褪

这么多年来
你早已成为了我的影子
我们打破世俗常规
你就在我的心里住着
我变成水晶般的通透
而你总是将自己亮着

我们相携走过的每一段路
我都双手抵额
祈祷彼此辉映
我的影子和我
合二为一
永不分离

长夜

临近黄昏
我独坐斜坡
陷进属于我的江湖
等着黑夜漫过来将我一起吞没
透过层层薄雾
我看见了一盏又一盏的灯亮起
每一盏的光晕里都藏着一个生命
藏着他们的喜怒哀乐

那些努力讨生活的人
他们卑微地生　在工地上
他们啃五毛钱一个的冰冷馒头
他们痛苦地活在购票的等待里
绝望和希望是油锅中的浮浮沉沉
喜怒不形于色
用身后善变的四季作底衬

我还想到了在地府里
站成一排排的帝王
来自世界各地加冕于各个时代
他们都一样
相同的宿命
在地里开出腐朽的花来

在历史书里我也一遍遍问
谁有种乎
揭竿而起时烟尘漫漫
残阳如雪

在每一个长夜里
愁人们啊一次次辗转反侧
千帐灯数过
干枝梅香过
偶尔攥住从天而降的雪
来不及赌它冷暖
已经化了

微诗三首

鸟

因为　有倚梦的翅膀
所以　懂得飞翔

驴

闭着眼安于命运的安排
磨道里周而复始的脚步
早已麻木了凄苦里疼痛的芒刺

牛

不知道自己用多少力气和友好
换来了一把绝命的屠刀

写在父亲节

父亲，我知道
当我尚未来到人间
您就做好准备
腾空了所有的一切
盼着我住进您的心里

我走在哪里
您的心就跟到哪里
寒天雨天您跟着
晴天丽日您也跟着

您把学识给了我
您把涵养给了我
您还把嘴上唯一的一颗痣
也传给了我

住在您心尖上的我
操控着您身体里的每根神经

我在产房里
憋着泪已喊不出疼
您在产房外
替我疼得老泪纵横

我为生活奔波劳累
您为我彻夜难眠
霜染白头

如今,您已年过八旬
可是那么怕人说老

在您的心里
我就是那个永远长不大的孩子
您还在记着为我时时清水洒尘
等着我日日平安回家

香客

锦囊玲珑
装烟火　装风月　也装悲喜
什么也装不下的时候
便抛下一切
无畏上路

庙前的那株古槐
一直默不作声
她很想把自己也变成一脉清香
替菩萨目送一个又一个
跨过高高木门槛的远行人

绝情马

那些闪光的念头
被牵马人一一摁灭

黑暗总是无法避免
看不见
每棵青草都落满灰烬

一匹马一直跑
直到筋疲力尽
它打个响鼻
给自己壮壮胆

悬崖边的风匆匆忙忙陪它上路
又陪它重新起程

萤火虫

一闪一闪　风吹不灭
一定是星辰落入凡间

亮过金子的眼神
在梦里淘尽情话

再过一万年
看星辉相映
我们一定已经回到天上
紧紧依偎在月亮旁边

微尘

天寒　草折　露也白
大地慈悲为怀

晚菊尚好　此处正安宁
那些不肯轻易相见的笑脸
也只不过和泪眼
隔着一粒浮尘之距

取来弱水三千
一定要洗一洗
那些带着土腥味的名字
也能和当年明月一样
耀世而光荣

空旷

秋风允许每个窗口
都独立存在
有多少颗心懂得沉默

屋子里尘埃无处不在
它们深藏叹息

那些梦支离破碎
用一根缝衣针穿好
不在乎锈迹斑斑

疼痛,唤醒我
也唤醒黑夜

在灯火下推杯
与烈酒和解
任凭落木无边,江水无尽

一只孤雁望断天地之阔
山岚雾霭处
早已被一腔诗情填满

七夕情

以苍天为廊，星辰点灯
这一刻我心如月
唯夜夜成玦

鬓为刀裁有花斜戴
君不见阶前清凉如水

那一处花好
有风作车马
约来旧时相识

我们把彼此看了又看
总是看不够
便把心互换
相知，相携

我们紧紧依偎的样子
被人画成一对双飞燕

述事

山村里的一半月亮
是清闲的
另一半在后山
被四面风吃了

田里的玉米站成一排排
立岗放哨
稻草人隔陇相望
明天早上不顾头脸的麻雀
还要继续站在他们肩上

黑脸二婶揭过面膜后
今晚再打死一只蚊子
二叔鼾声如雷
听着更像通牒
安魂安睡

伤

悲伤和夜里深海
一同无法自抑

每朵浪花借着月光
挣扎向前

悬崖让它们各自回头
并试图销毁相关物证

天知道伤痕丑陋必须面对世人
只为揭疤认亲
也为提醒自己死地而生

一个赤脚小姑娘
破涕而笑的样子
在今夜不经意间来我梦中

在沁源

山卧沁源,便心怀灵性
就像一个人秀外慧中
在山里 我会将凡心收起
因为脱俗
我只看
云卷云舒　花开花落
我只看
一只蝴蝶在花坡起舞
它在花间停留越久
香味就越浓　时光越温柔

天上的神仙也定怀有偏袒之心
它们把最美的事物
尽可能搬到这里
让我们唤它风水宝地

比如山上飞翔的凤鸟
比如水里潜藏的青龙
比如那株擎天的"油松之王"
比如那绿得醉人的草甸
还有那些不善言辞
但淳朴可爱的乡亲

这里的一棵草,一片叶子
都饱含慈悲之情
它们会在一瞬间将自己变成一苇小舟
渡我到沁河之岸
再为我用清水洗尘

站在山顶
风在耳边吹
也吹尽了红尘万千琐事
这颗空空如也之心
让我变成了一个世外人
云不由打一个筋斗
天地如此辽阔
忽然发现
自己今日从里到外
如此澄明

我的山水只有一种颜色

用旧的嗓子
刚刚唱醒一支歌
喊来喜鹊
和山水一起入画
为了留住你
也为了让时间停止
我费尽心思
将它们涂成你微笑的颜色
倾城　倾国　倾心

寒露

夜晚,把自己铺开
梦占了这一席之地

雨,一直滴答到天明
相信孤独还会继续作陪

透过寒意
一定有人和我一样
一边作茧
一边想着围炉尝酒

清秋谣

青山碧水从容面对
刀斧手,来吧

抖一抖身上
光了,也秃了
放下了一切
也放过了一切

等冬风来
慢慢等一场静雪落幕
救赎,重生

当我爱你

夜里,我把自己丢了
心里的小鹿也逃了

你眼里的光
无孔不入

家跟紧你
你总是跟紧我

身后,你一定在喊我的小名
我和我的小鹿终于听清了
这一生,你是我们的主人

秋韵

风,吹过来
这诵经的声音

它们都换上深红或暗黄的袈裟
舍,离
修行,不舍昼夜

田野即为道场
每颗果实都在虔诚礼佛

什么也留不住了
请记住:在中秋夜
焚一炷清香

幸福的彩练

五月

把花香放出来
把芳草放出来
把童心也放出来

把云洗净
把小巷的清石板洗净
把越来越多的眼睛也洗净

诸神加持
那些美好的事物都如约落入凡间
彩虹成桥
鹅卵石静静躺在河床
而我们正慢慢将自己打磨成
一群久享幸福之人